你只是自以为飞得高

阳宗峰 著

百花洲文艺出版社
BAIHUAZHOU LITERATURE AND ART PRESS

·南昌·

图书在版编目（CIP）数据

你只是自以为飞得高 / 阳宗峰著. -- 南昌：百花
洲文艺出版社，2023.6
ISBN 978-7-5500-4496-8

Ⅰ. ①你… Ⅱ. ①阳… Ⅲ. ①散文集 - 中国 - 当代
Ⅳ. ①I267

中国版本图书馆CIP数据核字(2021)第233495号

你只是自以为飞得高

阳宗峰　著

出 版 人	陈　波
责任编辑	安姗姗　钟雪英
设计制作	胡益民
出版发行	百花洲文艺出版社
社　　址	南昌市红谷滩区世贸路898号博能中心一期A座20楼
邮　　编	330038
经　　销	全国新华书店
印　　刷	江西润达印务有限公司
开　　本	720 mm × 1000 mm　1 / 16
印　　张	15.5
版　　次	2023年6月第1版
印　　次	2023年6月第1次印刷
字　　数	200千字
书　　号	ISBN 978-7-5500-4496-8
定　　价	49.80元

邮购联系　0791-86895109
网　　址　http://www.bhzwy.com
图书若有印装错误，影响阅读，可向承印厂联系调换。

序

我是谁？

有时候我觉得自己是风，天空任我行；有时候觉得自己是鱼，大海任我游；有时候觉得自己是马，大地任我驰。可我，终究是一个人。

有时候我觉得自己很了不起，自命不凡、不可一世；有时候我觉得自己啥也不是，一无是处；有时候，我觉得自己很坚强；有时候，我觉得自己很脆弱。

高兴时，我很阳光；失落时，我很沮丧；成功时，我很得意；失败时，我很懊悔。亦如天上的月亮，有圆有缺；亦如海上的夜空，有灿烂星河，也有黑云密布。

有时候，我很冲动，想一出是一出，想干什么就干什么，觉得自己是个胸怀大理想的疯子；可偏偏想干什么干不了什么，想成为什么成不了什么，很无奈，觉得自己是个废人；任性时，出口伤人、出手更伤人，事后觉得自己简直就是个魔鬼；失智时，找不到方向，陷入坏情绪，把自己循环地带进了自我设计的阴沟里，事后觉得自己是个无以复加的大傻瓜。

人啊人，你到底是个什么人？

有一则杂文，一个妇人离开人世，站在天堂的法官面前，一个声音问："你是谁？"

妇人回答："我是市长的妻子。"

那个声音说："我没有问你是谁的妻子，而是问你是谁。"

妇人接下来回答："我是四个孩子的妈妈""我是一名老师""我是一名基

督教徒"……

一问一答没完没了。妇人的回答总不能令法官满意。

现实生活中，很多人一生中扮演了很多角色，且在自己扮演的角色中开心地或不开心地、负责任地或不负责任地、盲目地或不盲目地走完了自己的一生，可有谁真正地问过自己：我是谁？谁是我？

其实，人生最困难的认知，就是认清自己。正如我，至今，我仍很难认知自己到底是谁，无法洞穿自己的内心，无法触及灵魂深处的风铃。

也许，正因为有很多如我一样的人，一生在做一个个并不知晓未来的梦，懵懵懂懂、跌跌撞撞、弯弯绕绕、坎坎坷坷，一路走来，满身伤痛，满身伤疤。虽然，一路比较辛劳，但总体还好，苦乐相随，酸甜相伴，终是没让自己失望。

初为少年，再是青年，踏向中年，迈步晚年……人生一轮回，少年求学，该读好书；青年为梦，该选好路；中年为事，该立好业……

很浅显的道理。是什么角色，就要扮演好什么角色，这更是最基本的"谁""谁""谁"。

但其实，静下来时，我觉得有一句话很有哲理："我只是我，人世间一道不一样的焰火。"

焰火嘛，可灿可烂，可耀可炫，可长可短。可绚丽过后，最终只剩一缕轻烟。

人生呢，我觉得正如焰火，世上短短的一遭，有的冲上天际，只留下一道淡淡的火光；有的冲上天际，只有一声闷雷；有的冲上天际，便在夜空中炸开无比绚丽的火花，还带来不同凡响的声响，给天空留下太多太多的美好和记忆。

如果人生真如一道焰火，谁都想灿烂、绚丽、夺目、久远。那如何能让人生灿烂、绚丽、夺目、久远？

这便是另一人生话题：我能干什么，我要干什么，我要怎么干？

我能干什么？有的时候，人生真的很迷茫。谁都想成功，但面对现实，又那么的无奈。想考入好的大学，现在的学习成绩能行吗？想经商当老板，有资本有经验吗？想成为一个行业的专家，找谁学，向谁学，自己一无所知，更没人带路。当有幸进入一个平台，或是自己努力争取到的，或是父母倾其所有提供的，喜也好，不喜也好，干还是不干，怎么干，有时也很迷茫。

迷茫时，我们企盼有人指点迷津，企盼能迅速找准自己的人生方位，企盼找到自己的人生目标。可谁又有那么幸运，会遇到贵人？这时候，书便成了高人，便成了友人，便成了良人。

若无贵人点拨，是我，便喜欢去书中寻找答案，在音乐中找到自我。

青春是用来奋斗的。在年轻的时候，想干就大胆地干，不要等干不动的时候追悔莫及。可我们在年轻的时候，又往往认不清自己，没有方向感，找不到目标。还有一些年轻人，不想为，不敢为，就是因为历练不够，智慧不多，在盲目、盲从、自我随心随性中走了弯路、跌了跟头，弄得灰头土脸，一无是处。于是乎，一些年轻人，便在随波逐流中放纵着自我，浪费着青春。

于是乎，很多人又想起了一首老歌："借我借我一双慧眼吧，让我把这纷扰看个清清楚楚明明白白真真切切。"谁不想要一双慧眼，把这个世界看得清楚、明白、真切？可是不是谁都会拥有这一双闪亮的慧眼。

前事不忘，后事之师。掉过的泪、流过的血、擦过的伤、受过的痛，都是人生的宝贵财富。闲暇时，一冷静、一回味、一思考、一总结、一反省，人生走过的路、吃过的亏、受过的难、得过的悟，如放电影般映入了眼帘。

渴望鳌里夺尊，力求技压群雄。这是一种目标，也是一种追求，更是一种成功。但成功不是随随便便，通达也不是随心而成。想，虽说只要敢想，便成功了一半，但也要先看看自己行不行、能不能，若行，也能，那就大胆地往前冲，怀着理想上路，抱守初心不改，不达目的不罢休，"不破楼兰终不还"。

种下一种行动，收获一种习惯；收获一种习惯，成就一项事业。习惯，需要养成，哪怕是一个很小很小的生活习惯，哪怕小到只是摆好一张板凳、叠好一床被子，你都会收获一种喜悦、一种自豪。一旦这种喜悦和自豪伴随终身，你将收获一生幸福。

时间就是金钱，时间就是生命，时间也是自尊。你珍惜时间，时间也会回馈于你；你浪费时间，时间也会随你而去；你遵照时间，把打个提前量作为一种生活习惯，哪怕就是简单的五分钟，你将迎来别人的赞许，迎来事业的成功。

生活处处都有哲理，都含智慧。

有时候，我常问自己，我要成为什么样的人？

成为一个成功的人。什么才是成功？是富甲天下，是才高八斗，是官居京城，还是办成了大事，成就了大业？

成为一个幸福的人。什么才是幸福？是"都有"？有钱、有权、有车、有房、有妻、有子；是"都无"？无病、无灾、无痛、无困、无惑、无难。

成为一个大家都喜欢的人。可谁又是完人，能做到谁人都喜？做不成别人喜欢的人，就做成自己喜欢的人。可有时候，偏偏自己都不喜欢现在的自己。

要成为什么样的人？谁都不是那么容易随随便便成功，谁都不会总生活在幸福的蜜罐中，谁都不能成为所有人都喜欢的人。

既不能求"全"，那就求"好"。让自己每天都好一点，好一些。

"但行好事，莫问前程。"一心向善，一心向好，做自己该做的、要做的，不管结果怎样、前路怎样、前途怎样，做好自己，无愧于心。

董卿说："世间一切，都是遇见。就像冷遇见暖，就有了雨；春遇见冬，有了岁月；天遇见地，有了永恒；人遇见人，有了生命。"

希望遇见，都是美好。

目 录

你只是自以为飞得高

你认为你是鹰，现在飞得挺高了？

你再试着抬头仰望一下天，再试着振振翅膀往云层冲一下，是不是发现比你飞得高的大有人在？

你能像金雕一样"高飞"吗

北美洲的金雕，头颈金羽，眼睛深黑，黄腊膜，灰色喙，是一种非常特别擅长飞翔的鸟。

它的体形大，两翼一张达两三米。一飞，就能将自己置于高空。

鹤立鸡群，雕不寻常。金雕喜欢独处，常将窝筑在悬崖峭壁的洞穴中，或是孤零零的一棵大树上，永远以一种高冷的姿态俯视群雄。

金雕善飞，是鸟中的战斗机、轰炸机。这么强大的飞翔力是怎么来的？

是与生俱来的安全感缺失！

金雕的死敌是鹰，如果捕到猎物的金雕停下来进食，一经发现，鹰就会趁其不备突然扑来抢夺金雕的食物。弱肉强食的生存法则，使金雕对天空有着与生俱来的亲切感，飞得越高越安全，越能飞越安全。

不仅如此，金雕还练就了在高空一边飞翔一边进食的能力，是其余鸟类都无法企及的。

生活中，有像金雕一样飞得高、飞得远、飞得久的人？

当然有，可不一定是你。

你以为你的翅膀硬了，飞得很高了，其实你只是自以为。

你再振翅往上冲一冲，天空中是不是还有其他"鸟"？

你以为你的翅膀硬了，可以搏击风浪了，其实你还是自以为。

电闪雷鸣，你敢振翅？狂风暴雨，你敢振翅？

你说别的鸟儿也不敢啊！你试一试往风浪中飞一飞看，天空中是不是还有个别能扛的"鸟"？

不信？你飞飞看！

请向金雕学习，始终走在充满忧患、不断进取的路上，始终居安思危，不断地让自己求索、奋进。

你能像必胜鸟一样能"战斗"吗

老鹰作为食物链的顶端，可以说没有天敌。但事实上老鹰也有天敌。

它的天敌是一种鸟，名字叫"必胜鸟"，又称为"王鸟"。

没见过此鸟，听其名肯定以为是另一种猛禽，比鹰还高大，还能飞。但其实，这是一种长得像燕子，身长约 20 厘米，以捕蝇为生，很不起眼的小灰鸟。

在老鹰眼里，它就是一小不点，甚至都不够打个牙祭的，但也就是这种鸟，却成了老鹰的噩梦。

当鹰遇到必胜鸟时，必胜鸟一飞冲天，飞到老鹰的头顶，然后对准老鹰一个俯冲，用它那钩形的利爪狠狠地抓住老鹰的头或背，老鹰疼痛难忍想反抗，却每次都能被必胜鸟轻巧躲开。

好不容易把必胜鸟甩掉，必胜鸟又一个直上云霄，再一次以迅雷不及掩耳之势把老鹰啄住，让老鹰痛不欲生，无计可施。

"一代天骄""天空霸王"——老鹰,用不了几个回合就会败下阵来,只能趁机逃之夭夭。

其实,很多年前,必胜鸟也常被鹰捕杀。为生存,必胜鸟不但将自己的巢筑得比鹰还高,还苦练反捕杀本领。它们从来不在同一个地方居住超过半年,就算昆虫再多,也要迁徙,只为强化飞行能力。

在必胜鸟出生不久,成年必胜鸟便将它们带到高空抛下,在快要坠地时,再将其救下。小必胜鸟每天进食后,还要先后与成年必胜鸟和其他小必胜鸟们在高空"搏击"。如此代代相传,才成就了现在的"必杀技"。

"小"之所以能胜"强",是因为本领非凡。生活中,有像必胜鸟一样不畏强敌,敢于以少胜多、以弱胜强的勇者吗?

若没有,请向必胜鸟学习,苦练生存"必杀技",即使体形弱小,也要当一位无畏无惧、勇往直前的强者。

你能像鲣鸟那般在海上"搏击"吗

在南海,有一种特勤劳、勇敢、智慧的鸟儿。

它叫鲣鸟,嘴又尖又长,体型与大海鸥相当,善游泳,也善捕鱼。

一大早,鲣鸟们便出来围猎捕鱼。有些喜欢在滩头,有些喜欢围船而翔,浪大,风大,丝毫阻挡不了鲣鸟的翅膀,就如高尔基所称赞的海燕:"看吧,它飞舞着,像个精灵——高傲的、黑色的暴风雨的精灵,——它在大笑,它又在号叫……它笑那些乌云,它因为欢乐而号叫!"

风呼浪啸,鲣鸟们反而飞得更得意,叫得更欢快。而更让人惊讶的是,整整一个上午,这些鲣鸟未曾离开过。累了,要么在海面上悠闲盘旋一小阵,要么就浮在水上一小憩。休息够了,又围着船头盘旋起来,继续捕鱼。

鲣鸟是一种非常恩爱、合作精神很强的鸟儿。它们求偶成功后,往往都是双宿双飞,在快要产卵时,雄鸟充当"搬运工",衔回枯枝等用于筑巢的材料,雌鸟则充当"泥瓦工"，负责搭建鸟巢，一夫一妻，齐心协力、共育后代。

鲣鸟的智慧不仅体现在捕鱼技能上，更体现在与"强盗"之斗上。

在海上，还有一种不劳而获的强盗鸟，叫军舰鸟，专门围攻勤劳本分的鲣鸟。每当鲣鸟满载而归时，军舰鸟们蜂拥而上，尖喙利爪无所不用其极，迫使鲣鸟吐出颈脖喉囊中的食物。

后来，鲣鸟们想出了一个办法。在海里叼食一种有毒的水母，当军舰鸟闻风而至，鲣鸟们迅速吐掉衔叼着的水母，猖狂的军舰鸟们兴奋地一哄而抢，一会儿就晕头转向，接二连三陆陆续续地掉了下来。

鲣鸟们不畏风浪，不惧强敌，不管自然条件多么恶劣，生存环境多么艰难，都勇当生活的强者。

生活中，你是不是遇到困难就喊怕，遇到苦累就喊难？畏首畏尾、止步不前，甚至颓废沉沦？

生活，也亦如弹簧，你弱它就强，你强它就弱。

再苦再累再难时，想一想在海上讨生活的鲣鸟吧！

有目标的人生，更接近成功

查士德斐尔爵士有这样一句名言：目标的坚定是性格中最必要的力量源泉之一，也是成功的利器之一。没有它，天才也会在矛盾无定的迷径中徒劳无功。

想成功，请先定好奋斗目标！

放弃，是因为没见到目标

成功，即便可以唾手可得了，可在最艰难的时候，却会因为没见目标而被放弃了。

这是一个真实的故事。

1952 年 7 月 4 日的清晨，加利福尼亚海岸以西 21 英里的卡塔林纳岛上，34 岁的弗罗伦丝·查德威克准备独自挑战一项新的纪录——游到加州海岸。如果成功，她将是第一个游过这个海峡的女人。

当天的雾很大，她几乎连护送她的船都看不到，加州海岸也笼罩在一片浓雾中。时间一分一秒过去，她拼命地往前游。鲨鱼靠近了，她勇往直前；海水寒冷刺骨，她全然不顾。15 个钟头之后，她上船休息了一会。那时，她离目标点只有半英里了。但她朝加州海岸望去，除了浓雾什么也看不到。她打起了退堂鼓。大家都劝她再坚持一会儿，她摇了摇头。事后，她无比后悔："如果当时我看见陆地，也许我就能坚持下来。"

使她放弃的不是疲劳，不是寒冷，而是没见着目标！两个月之后，她再次向加州海岸发起挑战，终成为第一位游过卡塔林纳海峡的女性，且比男子的纪录还快了大约两个钟头。

目标，如果看得见，她就可能早早打破世界纪录。目标，就是我们坚持的定力，就是我们走向成功的指南，没有它，就没了主心骨；没有它，就没了方向盘。

成功，需要明确的目标指引。

清晰的目标，才能梦想成真

美国哈佛大学曾做过一个非常有名的实验。

有一年他们对即将从哈佛大学毕业的一群学生进行了一次关于人生目标的调查，这群学生的智力、学历、环境条件都相差无几。调查结果是这样的：3% 的人，有清晰而长远的目标；10% 的人，有清晰但比较短期的目标；60% 的人，目标模糊；27% 的人，没有目标。

25 年后，哈佛对这群学生进行了跟踪调查：3% 的人，25 年间朝着一个方向不懈努力，几乎都成为社会各界的成功之士，其中不乏行业领袖、社会精英；10% 的人，他们的短期目标不断实现，成了各个领域中的专业人士，大都生活在社会的中上层；60% 的人，他们安逸地生活与工作，但都没有特别的成绩，生活在社会的中下层；剩下的 27% 的人，他们的生活没有目标，过得不如意，并常常埋怨他人，抱怨社会，抱怨这个不给他们机会的世界。

机关干部小李和小张，同年调进一个新单位。

小李在来新单位报到之前，就对自己进行了一个全面的分析：不擅长社交，但有一定的文字功底；不擅长带兵，但能安静地坐在办公室学习研究。来新单位经过一天的熟悉后，他便觉得这就是自己喜欢的岗位。于是，他给自己定下了目标，要当这个单位的处长。

相反，小张就没有目标这一念头，愉快接受上级命令，安心完成好本职工作，每天也积极认真。但在遇到机遇时，比如说被上级抽调去帮助工作3个月，小张那是非抢着去。而小李就不同，单位正在进行大活动，不出去就能利用这个机会好好锻炼自己、熟悉工作，培养自己的核心能力。

几年时间里，小李兢兢业业，努力开拓，带领其他同事开展了多个课题研究，完成了多个大项目试点任务，成为单位的核心和主力。而小张呢，经常出差、外学，回到单位后又心浮气躁，眼高手低，渐渐游离成了出差、学习"专业户"。数年后，小李按照当初既定的人生目标，成功当上了该单位的处长，而小张则成了他的部属。

有人说，不是聚焦的太阳不能燃烧。目标清晰，就好比是聚焦的太阳，一旦聚焦，就能积蓄万力，火光满天；一旦燃烧，就可能如原子弹、氢弹般，内核聚变，威力十足，异彩纷呈。

我们一心聚焦目标，不管遇到多大困难、多大阻力、多少诱惑，始终坚守初心，持之以恒，拼尽全力，定能大放异彩。

没目标的人生叫流浪，有目标的人生叫航行

目标是什么？

目标就是指引人生道路的明灯，就是照亮人生前途的星光，就是牵引你到达人生彼岸的绳索。

有了目标，人生就有了清晰的发展方向，就有了前行的不竭动力，就有了攻坚克难的虎虎勇气。

有了目标，人生航行中就有了灯塔，有了曙光，有了燃烧你心中激情的那团大火，让你温暖，为你照明，令你心安，助你成功到达你想要到达的彼岸。

人，要想成功，怎么定好目标？

古人有云：求其上，得其中；求其中，得其下；求其下，必败。

顾名思义，追求上等的结果，可以得到中等的结果；追求中等的结果，可能得到的是下等的结果；追求下等的结果，那可能什么都没有，甚至是失败。

正如高尔基所言，一个人追求的目标越高，他的潜力就发挥得越充分，才能就增长得越快，对社会的贡献就越大。换句话说，目标定得越高，收获就越大。

要想有大成就，就必定大目标。

然，自己的资质和条件本来一般，却心比天高，非要干出惊天动地的事业来，难免天方夜谭、"癞蛤蟆想吃天鹅肉"，最终付出与收获不成正比，反而沦为一个"笑话"。

我们定目标，要高，但也切忌好高骛远。正如列夫·托尔斯泰说，要有生活目标，一辈子的目标，一段时间的目标，一个阶段的目标，一年的目标，一个月的目标，一个星期的目标，一天的目标，一小时的目标，一分钟的目标。这些目标要能"跳一跳，够得着"，努力付出就能一步一步地现实，最终实现以少积多、聚沙成塔，量变到质变的飞跃。

"没目标的人生叫流浪，有目标的人生叫航行。"定好长期目标，选好短期目标，一步一个脚印地勇往直前，不达目的不罢休地向前冲，你会发现，你永远不知道"迷茫""焦虑""无聊"会是什么，你会很快体会到"成功""胜利""自豪"的丰富滋味。

敢想，你就成功了一半

在我当新兵的时候，一广东籍的战友常挂嘴边的一句话让我印象非常深刻。他说："人要敢想。敢想，你就成功了一半。"

敢想，让人生处处充满惊喜

敢想，是因为有梦。

这位战友家境殷实，但有敢做美梦的强烈愿望和冲动：要凭借自己的努力胜过父母，做出比父母还要辉煌的业绩，开启人生美好篇章。

入伍前，他先后摆过地摊、跑过销售，还经营了一家维修店，后面受同学的影响，也可能是创业路上受到了阻力，感觉历练还不够，与我同年入伍当了兵。

入伍后，他说他想当班长。一年后，他凭借自己过硬的训练成绩进了教导大队，半年后再回到连队，就当上了新兵连班长。

两年后，他说他想退伍后再去创业。他当年年底就退伍返乡了。

五年后，我再听到他的消息时，他已是上海两个店铺的老板了。听说，他这五年里还先后经营过农场，开过美容美发店。

再是五年后，我听说他凭自己的努力，在深圳购了一套价值千万元的房产，豪车更不用说了。

去年，连队组织老兵回第二故乡聚会。他财大气粗，全程都是他在组织，他在吆喝，他在主持。

酒过半巡，他对我们这群老兵们说："兄弟，我还是那句话，'敢想，你就成功了一半'。"

不管再艰再难，都要敢于执梦

这是一个真实的故事。

米契尔，美国的一位年轻小伙，一次偶然的车祸使他全身三分之二的面积被烧伤，面目恐怖，手脚也变成了肉球。

人生已完了吗？不，他说，他还有梦。他还要干一番惊天动地的大事。

他的第一个梦，就是要成为有钱人。几经努力，他变成了一个成功的百万富翁。

他的第二个梦，驾驶飞机。一个残疾人开飞机？谁敢？他就敢！不经规劝，他在助手的帮助下坐上飞机上了天，结果飞机出现故障，他的脊椎粉碎性骨折。这是他人生的又一大悲剧。

换成其他人，这一生绝对完了。但他不仅没有绝望，还乐观地用智慧去帮助和鼓励病友们战胜困难。一位护士学院毕业的金发女郎来护理他，他的第三个梦又产生了：把她变成自己的另一半。

一个连生活都不能自理的人，怎么可能娶到这样一位美女？别人都觉得不可能，甚至不可思议。可是，两年后，他让这位金发女郎嫁给了他。沐浴爱河中，他不仅拿到了公共行政硕士证，还继续着他的飞行、他的演说、他的环保。

敢于做梦，敢于为梦而奋斗，米契尔让很多的不可能成为可能，也成为美国人心中的英雄，还成了美国坐在轮椅上的国会议员。

有些人，若是遇到此劫，恐怕早就沉沦，有些甚至会轻生。可他，不但没有，还创造了连续不断的奇迹。

敢想，是不是就没有什么不可能？

为梦想奋斗，优秀到别人望尘莫及

敢想，就成功了一半。剩下的一半，要围绕梦想努力奋斗。

现实生活中，当一个人的地位、家境、条件与心中的大目标、大理想不相称时，一旦他把这个大目标和大理想公之于众，很多人就会戏弄、嘲笑，甚至是讥讽："癞蛤蟆想吃天鹅肉""也不撒泡尿照照自己长啥模样"。

但是，请你相信，戏弄、嘲笑和讥讽你的人，都是一些没有成就的普通人，见不得他人好的小市民。

你要做的，就是执着于梦，为梦想而奋斗，让自己不停地抵近梦想。

一位年轻人向大师诉苦，说他常遭人耻笑、妒忌，还常遭人放冷箭。

大师微笑地对他说："你应该高兴，这正说明你有梦，你还很上进，还挺优秀。"

大师接着问："那这些冷箭射中你没有？"

年轻人痛苦地说："射中了，而且还让我伤痕累累。"

"这说明你在前进的道路上走得还不快，你们之间的距离还不够远，还需要加快冲刺，远离他们'放冷箭'的射程。"

"执着于梦，努力奋斗，让自己更优秀，优秀到别人望尘莫及，是不是？"年轻人心领神会。

大师重重地点了点头。

只要敢想，一切皆有可能；只要决心优秀，一切皆能在明天。

你们觉得呢？

开挂的人生，都是严于自律

当我又想偷懒的时候，领导的教诲又在耳边响起："人要进步，除了自律，没辙！"

越优秀，越自律

在我眼中，我当前的主要领导是一位非常有才华、有能力、有魄力、有思想的长辈。

关键是已经都这么厉害了，年龄一大把了，还那么的自律，自律到让我感到自惭形秽，让我恨不得找个地缝钻进去。

每天两点一线。哪两点？办公室和家；一线，即工作、学习、训练和思考成一线。

每天理论学习一小时；每日练字一小时；每日体能训练一小时；每日得失体会总结一小时。特别是坚持"每日三省吾身"，像曾国藩写家书那般，深刻总结工作得失、学习感悟、做人与做事的启悟等，写了几十本笔记，形成了几十万字的手稿。

如果遇到工作任务冲突，他可以一晚上不睡觉，必须"今日事今日毕"，直到当天的"四个一小时"完成好。

越优秀，越自律。

他的自律，犹如一面旗帜、一根标杆，插在我的眼前，让我特不自在，甚感不如。

军校毕业，结识了一位财务干部。

当初，他是连队司务长，因工作成绩突出被挑选到机关担任了财务助理。后来，又因工作成绩突出，两年时间就晋升为股长了。

"他的初始学历只是中专。"战友们的议论，让我惊呆了。

原来，他自参加工作以来，短短几年时间，就先后自考了大专、本科，拿到了相应的学历证书。

关键，在取得了本科学历之后，他紧接着又向研究生学历进军了。

工作之余，他每天坚持牢记 100 个英语单词，每日背记 10 条理论要点，每周进行一次体能测试。

每次周末见到他，他不是在学单词，就是在刷题。一年后，他如愿考上了国防大学在职研究生。

自律的人生，就是如此开挂。

自律的人生，时时充满惊喜

有个兵，在我印象中特别深刻。

第一次站在我面前，像个机器人般傻愣愣的。打眼一看，很像"大笨熊"。再一瞧，就知道是位"憨兄"。身体协调性不够好、不灵活，搞起训练来只能下死力、用蛮劲。

拉单杠，身体协调性好的战士，稍微摆摆浪就能拉上十几个，他怎么摆也摆不起来，只能靠臂力硬拉。

长跑，大家全身心地投入，他似乎就只有两条僵硬的腿发力，上半身被两条大腿"牵"着跑。

也因此，想提高训练成绩，很难。要想跟上队伍，得比其他战士更能吃苦，更能耐劳，还必须不时地加小灶。

还好，他自尊心很强，也很有自知之明，既然体质上比不上人家，那就比自律。

人家做俯卧撑 50 个，他给自己定目标 100 个；人家一天跑一趟 3 公里，他给自己定一天一趟 5 公里；人家拉单杠 10 个，他要求自己拉 15 个，拉不上就死吊在单杠上……

一个月后，他体重就减了 30 斤，从一个大胖子变成了一个精干的小伙子。

3 个月后，他的训练全部跟了上来，不及格被全面清零，还有两个科目达到了优秀水平。

两年兵退伍，他以两条又粗又壮又结实的"麒麟臂"，胸腹部八块大肌肉，被一家有实力的健身公司一眼看中，高薪聘请为健身教练。

五年后，他一个转身，成功拥有了一家健身房。

付诸一个行动，形成一种习惯

一位战功赫赫的将军，被邀参加一个孩子的成人礼，孩子的母亲请他题词以作为孩子的人生箴言。将军沉思之后，赠送了一句话："自律者胜"。

自律的人生最可畏。试想，一个对手为了打败你，坚定地每日迎接"凌晨 4 点的晨光"勤学苦练，每日训练量不达目标不罢休，誓把武功练到极致，誓不把你打倒不为人。日积月累，水滴石穿，假以时日，结果可想而知。

自律，就是围绕一个目标、一个计划，一以贯之、雷打不动地坚持。当生活中，原定计划或被一些意外打乱，或突然间懒惰来袭，一旦放松就可能打开松懈的闸门。这就需要我们从心出发，扪心自问、自责和自省，然后"头悬梁、锥刺股"，做到"今日事今日毕"。

自律，关键要强化自制，善始善终，善作善成，要干必须认真干、扎实干，不打折扣、不讲价钱。

一企业家说："一个人不自律，不仅是工作上的敬业程度大打折扣，连自己的人生也可能会反转。"

一公司，上班时间是8：30。有的人会提前十分钟上班，有人会卡着点到，个别人经常打擦边球，晚几分钟到。

一工作能力非常出众、工作成绩也非常突出的部门领导，公司本准备培养他当公司副手，可他却因习惯性迟到早退几分钟，而误了一个好不容易得来的大合同。

一个连时间概念都没有的人，能干什么大事？一个不守时的公司，能干出什么业绩？最终，对方解除了合同，该主管因此被公司辞退。

血淋淋的教训。

为了一个目标，定下一个决心，制定一个计划，严守一个规定，付诸一个行动，形成一种习惯，你做到了吗？

努力还不够，还需尽力

你说你很努力，但其实只是看起来。努力，还需尽力，需全力以赴，竭尽全力。

其实，你只是看起来很努力

一位爸爸，叫6岁的儿子把院子里一块石头搬到旁边去，很显然那块石头并不是孩子这个年龄可以搬得动的，孩子试了几次都没能搬动，想要放弃了，爸爸鼓励他说，只要你足够努力，一定可以的，加油儿子！孩子鼓足了劲，小脸都涨红了，但石头还是纹丝不动。

儿子埋怨爸爸说："这石头那么大一块，我那么小，怎么可能搬得动呢？"

"你有尽力吗？"

"我尽力了！"

"真的？"

"真的！我现在都没力气了！"

"孩子，你没有尽力！"

"爸爸，我真的已经用尽了我所有的力量了，但是真的搬不动！"

"孩子，你并没有尽力，你没有看到爸爸站在你旁边吗？你怎么不邀请爸爸一起搬呢？"

是的，你只是看起来很努力，但你并没有尽力。

工作很努力，但你做到了尽力吗

有个中士找到我，告诉我这些年天天在机关工作，每天都是汗里来雨里去，忙着给领导和机关干部打件、送件、呈件，电话随叫随到，丝毫不敢耽误，还同时兼顾领导办公室的整理等工作，基本上周末都不曾休息过，可为什么年头忙到年尾，立功受奖就是没有他？

中士这些年的忙，我看在眼里。但我知道，他的忙，只是自己的自我陶醉、自我肯定，面上的跑跑颠颠，干了自己该干的、也应该干好的本职而已。可也正因忙得不可开交，而没能做到心细如发，也许领导刚交代了一件事情，一跑起来就给忙忘了。后面，可想而知。

说白了，中士现在从事的工作，就如饭店里的"店小二"，是跑堂的、并不核心的岗位，也不容易取得成绩，干得不好还随时可以被取代。

我反问到："你是看起来工作很努力，但你做到了尽力吗？你的'跑堂'工作，领导满意吗？你除了能跑腿，还有什么拿得出手的成绩来证明自己是出色的？"

中士哑口无言了。

我的一语惊人，惊醒了中士。在"跑堂"工作做到心细如发、领导机关人人满意的基础上，他还将工作进行了重、轻分类，区分出哪些是领导关注的，哪些是可以让自己出彩的、能出成绩的。比如，文印室工作，在他的建议和全力以赴推进下，区分了几个区间，设置了几项规定，还引进了监控系统，打印复印井井有条，制度落实严肃认真，得到了上级安全检查组的肯定。

中士也因此得到领导的认可，大会小会多次受表扬，年底遂了自己的愿。

干什么都需要努力，但光努力还不够，还需尽力。

尽力，是全力以赴的尽力

努力和尽力，虽是一字之别，结果却很可能大相径庭。努力了，并不代表尽力了，当你说自己很努力的时候，别人也并没有闲着，有的人也许正在全力以赴地超越你的努力。

有的人看起来一直很努力，跑跑颠颠、忙前忙后，可为什么并不被人看好，也并不被人记起，庸庸碌碌、毫无作为？因为，他的努力只不过是"自以为是"的努力，是欺骗自己、迷惑他人的自我安慰，日复一日所谓的坚持也只是一种简单的重复，重复来重复去，没有任何意义和作为。相较而言，谁又闲着，谁又不是拼尽全力地努力"奔跑着"？

也许你慨叹，你每天和某某某一样地努力，可你怎知他早起训练、灯下夜读，即使呆坐不动，头脑也一直在思考？

也许你慨叹，你晴天一身汗、雨天一身泥，够拼了，却不知别人不仅如此，还日复一日每日精进。

也许你慨叹，你不计名利，一心扑在工作上，却忘记有一种追求叫"极致"，有一种态度叫"精益求精"，有一种目标叫"只争第一"。

这个世界的进步，从来不缺竞争，有竞争才有进步，有竞争才能看到自身的差距，才会继续着追赶，才会积极地比、学、赶、帮、超。当别人在努力时，你唯有努力，努力，再努力；当别人在尽力时，你唯有尽力，尽力，再尽力。否则，不出众，便会出局。

在你很努力了，但是离成功好像只差了一点点时，你也许会问，是力气不够、才华不足、能力不行？是命理不好，运气太差？是组织不公，被人愚弄？在回答这些问题时，请先自我审视下，是不是还缺了那么一点全力以赴，缺了那么一点竭尽全力。

努力了，也全力以赴了，其余就顺其自然。即使不成，那也问心无愧。因为，面对青春，我努力了；面对自己，我尽力了。

天才都那么的勤奋，你却还在"吃鸡"

常听身边人讲，厉害的人不可怕，可怕的是比你厉害的人还比你努力。深以为然。

优秀的人士都在不断地努力着

战友老喻，是属于军事素质超一流的那种人，基本上体能各科成绩都超100分，总评为特级。可偏偏，每天下午的1小时体能训练，别的个别同事有这个理由、那个理由请假，他却总出现在训练场，即便是偶有加班耽误了训练，他也会在晚饭后自行补上。

我问他："都那么厉害了，为何还这般努力？"

他回答："养成习惯了！"

退伍老兵老吴，通过十余年的打拼，已拥有资产数千万，在上海、深圳等地的房产都数套。可偏偏，他还像个陀螺一样，在全国各地考察项目、洽谈合同，四处奔波不停息。关键，他还不停报名参加这个商业培训、那个EMBA学习，走在不断学习、不断进取、不断进阶的路上。

我问他："都那么拔尖了，为何还这般努力？"

他回答："不进取就得退步，就有可能被淘汰。"

承认吧，这些生活在我们身边的所有优秀的成功人士，不管多出色，多有成就，都还在不断地努力着！

所有优秀的人士，还在努力地前行。你呢，你在干什么？

加班加点在电脑面前津津有味、废寝忘食地"吃鸡"？加班加点在手机面前聊以慰藉、不分昼夜地刷抖音？加班加点与三五好友在酒桌上热血沸腾、豪情万丈地推杯换盏？

本来资质就平庸，工作也平庸，却还玩物丧志，温吞水般没方向感、没目标感，工作没激情，没动力，更不愿努力。你的人生了无生机，浑浑噩噩，愿走向何方，又将落于何地？

天才的勤奋依旧如初

习字之人，对与"草圣"张旭并称为"张颠素狂"的怀素大师应不陌生。

怀素是贵有天赋、贵在天生，关键还特勤奋的名士典范。

方寸之间尽显艺术造诣。对于最能代表一个人书法境界的书体——草书，在众大师眼中，"运笔迅速，如骤雨旋风，飞动圆转，随手万变，而法度具备""以狂继癫""颠张醉素""藏正于绮，蕴真于草"，唯怀素登峰造极、无人能及。

怀素从小爱写字、勤于写字，字艺了得，在十里八乡早早出了名。

不癫不狂难成魔。怀素年少出家，练字时没有纸，就在寺庙荒地上种了一万多株芭蕉，绿油油的叶子成了上好的写字板，每到夏天，这里绿意萦绕，怀素给它起了一个雅号"绿天庵"。后来他做了一块漆板，写了擦，擦了写，经年累月，漆板越写越薄，最终破了一个洞。在寺庙后院，还有一个奇怪的坟，叫"笔冢"，"葬"着被怀素写坏的秃笔。

怀素生活的朝代，有"草圣"张旭，有"楷斗"颜真卿等人，可谓大师云集。胸怀大志的怀素，决心走出一条前无古人、后无来者的路。

为找到属于自己的字"魂"，他先是出家当了和尚，专心在寺院练字；后是找李白，从李白的才气中悟草书之灵气；再向大师颜真卿拜教；听说公孙大娘的剑舞得出神入化，他不远千里前去领悟……

对于怀素的造诣和成就，李白甚至觉得，"书圣"王羲之、"草圣"张旭等大家，较怀素都算"浪得虚名"。59 岁的李白对 22 岁的怀素还一口一个"吾师"，叫得十分亲切。"我师父醉了以后站不稳，靠着床，没多大一会儿就写了数千张字，然后面向墙壁写不停手，斗大的字惊天地泣鬼神，简直像蛟龙一样活灵活现。"

唯有天赋不辜负。苍天赋予你的优势，是你好生之德的回报。怀素珍惜了，一生癫狂般地勤奋着，追求着，才有之后"书法天才"的美誉。

连天才都这般执着且疯狂地努力，你呢？

坚持努力，像永动机般停不下来

还记得《伤仲永》否？仲永自小就天赋极高，小小年纪才华横溢、名声在外，但其父却把他的天赋当成了赚钱工具，不让他接受后天的教育，最终，仲永一事无成，一介凡人了一生。

天才不努力，后天也平庸。

爱因斯坦说："在天才和勤奋之间，我毫不迟疑地选择勤奋，它几乎是世界上一切成就的催生婆。"

天赋之才，贵在对得起自己的才。像怀素，像爱因斯坦，唯勤是举，内修外求，坚持不懈，努力下来便是璀璨。

而若非天才，要想成才，无疑更需勤奋，比天才还勤奋，比天才还坚定。

有一个公式：成功 =1% 的天赋 +99% 的努力。意思是，成功，在天才与非天才之间，只有 1% 的差距，其余靠 99% 的努力，不论天资如何，只要做到了这99%，都已成功。

被称为"梵高奶奶"的常秀峰，是一个 75 岁的农村老太太，她没有任何天赋，也并不知道梵高是谁，一生未上过学，更不会写字，却在年迈之时，动了画画的念头。

恒而为之，勤而练之，忘我精进，常秀峰终用一支蜡笔勾勒出一幅幅美丽的图画，红遍网络。"梵高奶奶"从此走进了世人心中，成为新时代的不老传奇。

积极心理学奠基人米哈里·契克森米哈在《心流》一书中写道：通过大量案例研究，发现很多取得卓越成绩的专家学者，并不觉得做一件事情的时候，是在坚持努力，而是像永动机一样，根本停不下来。当他们沉浸在自己喜欢的事情中，会进入一种忘我的状态，甚至忘记时间的流逝。

就像"梵高奶奶"，虽无天赋，却能把心沉浸于兴趣中、沉醉于事业中，勤奋忘我，忘我勤奋，坚持下来，曙光得见，胜利得见，成功也得见，璀璨也便一生，一生也便璀璨。

雨果说："所谓活着的人，就是不断挑战的人，不断攀登命运高峰的人。"我们就应该成为这种人，无论有无天赋，只关乎是否勤奋，是否全力以赴、竭尽全力。

与大家共勉。

经年是你，心向何方

把心放在学习上，能成就智慧；把心放在创业上，能成就财富；把心放在家庭上，能成就亲情……你是谁，想成为谁，就用心去成为谁！心在，时间在，行动在，收获就在！

心向哪，成功就在哪

见过把钉子当兴奋剂，含在嘴中加班加点奋笔疾书的人吗？

有人说，深夜把钉子含在嘴里加班码字，就如同李白喝酒后作诗，思绪万千，才思泉涌，敲击键盘如飞。

老谢当新兵时，因喜欢写点"小豆腐块"，被机关领导看中，当起了报道员。

当同年兵的战友都在连队摸爬滚打，晴天一身汗、雨天一身泥时，他安静地在办公室里看书看报；当同年兵的战友集合在操场接受领导的检阅时，他端着相机跟随领导身后，特有优越感。

二十几年前，战士们每月的津贴才几十元。第一个月的津贴，老谢买了一盒牙膏、一盒香皂，其余全数用来购买学习资料。老谢喜欢上了一种杂志，一看价格却傻了眼，这订阅一年的钱相当于他半年的津贴。他狠下心来，说借就借，硬是把杂志订到了手。

部队一般十点熄灯就寝。老谢自从上了机关后，就有了"特权"，办公室的灯可以亮到深夜十二点。

一天凌晨一点，军务参谋下部队查铺查哨，发现政治处办公室还亮着灯。进去一看，老谢光着膀子在埋头写稿。"在机关大楼办公室打光膀，成何体统？"军务参谋大声呵斥。老谢战战兢兢："我在写先进人物事迹，从细节上找找先进人物打光膀加班的感觉……"

为一篇稿子加班加点是报道员的常事。一天凌晨两点，老谢还在赶写一篇报道，可情绪不对，思路一时出不来。

抽根烟提提神。找了半天，只发现了一根长钉。老谢拿起就扔进了嘴里，冰凉冰凉的，大脑就清醒了。

从此，加班中的老谢，嘴里总有根钉子。用他的话说："钉子放在嘴里，能不断地刺激舌头分泌唾液，唾液分泌多了，人就精神了！"

老谢在报道员位置上一干就是十二年，发表各类稿件数百篇。退伍后，直接被地方报社挖走了。

老谢当兵时只有高中学历，可他常以自己的奋斗经历告诫自己的"徒弟"："学历低，没经验，都没关系，只要把心全部投入你喜欢的工作中去，就一定能干出个样来！"

心向哪，收获就在哪

周末，一位古玩爱好者和一位驯犬师结伴到乡村散心。

几声雄猛有力的犬吠声止住了驯犬师的脚步。

"一定是条好狗，东德系。走，一起去看看！"驯犬师欢喜地拉着古玩爱好者急速前行。

"不怕被咬啊！"古玩爱好者似乎有些害怕。

"不怕，有我在，更何况，此狗是拴着的！"驯犬师解释。

古玩爱好者惊讶："莫忽悠，万一被狗咬着怎么办？"

驯犬师不听，顺着犬吠声追了去。古玩爱好者不知如何是好，只能紧追而行。

一老旧房屋旁，一枯死老树下，一条又大又黑的猛犬拖着一根大链条。两人靠近，猛犬使劲狂吠，似要把链条挣断。

"看见没有？一条大黑东德，连舌头都是黑的，这可是百里挑一的好狗！"

古玩爱好者报以赞许，连连称赞："狗界里的行家！"

驯犬师摆摆手，围着黑犬一番细瞧，动了重金购此犬的念头。古玩爱好者跟在其后，盯上了狗链和狗脖子上的铃铛。狗链尾端的圆环上有个若隐若现的龙头纹记，铃铛内隐约刻有几个古文字。

驯犬师掏重金购犬，发现还差 200 元。古玩爱好者主动掏出腰包，把剩余的钱补齐了。

驯犬师说回去就把钱还上，古玩爱好者乐着摆摆手："只要狗链与铃铛，不须归还。"

驯犬师不假思索，爽快答应。

几天后，古玩爱好者把狗链与铃铛一转手，赚了 5000 元。

驯犬师一心只向犬；古玩爱好者一心只向狗链与铃铛。

心向哪，收获就在哪。

你是谁？心在哪？

你是谁？

这是个似乎很简单的问题，但并不是。

有些人，能认识自己是谁，能够摆正自己的本位，懂得能干什么，会干什么，该怎么干，并能够坚定地付诸行动，不管遇到多大困难，遇到多少挫折，都能用心、用劲、用力，最终成为想成为的那个人。

有些人，并不认识自己是谁，找不准自己的位置，看不清自身的条件，滋生许多的自以为是，盲从、无知、无畏，不知身向何方，要向哪去，迷茫、平庸地度过了自己平凡的一生。

还有些人，盲目自信自大、自命不凡、目空一切、好高骛远，不切实际地空想、空谈，没有脚踏实地，不懂实实在在，最终黄粱一梦，成为人生的笑话。

老子说，知人者智，自知者明。

人的一生，最难的事就是认识自己是谁。

姚明知道自己只是一个球员，一心只为打好球；韩红知道自己只是一名歌手，一心只为唱好歌；成龙知道自己只是一名演员，一心只为演好戏；冯小刚知道自己只是一名导演，一心只为导好戏。

知道自己是谁，就会努力成为想成为的谁。

知道自己是谁，把心放在要成为的那个谁上，你就会越来越成功，越来越精彩！

你知道自己是名学生，就把心放在学业上，你就能学有所获。你知道自己是名战士，就把心放在训练上，你就能训练有素。你知道自己是名演员，就把心放在演戏上，你就能一路长红。

你是谁，你的心在哪？

找准本位，找准方向，用心奋斗，你将成为你想成为的那个谁！

拿成果和成绩说话

"我没功劳也有苦劳啊！"如果你还这样向组织解释，还这样自我安慰，那对不起，你基本上快属于被边缘化的人物了。

没功劳，再多的苦劳都是聊以自慰

一位同事，从少尉到少校，当了十几年的干部，也未曾立过一次三等功。曾多次向组织表露过想立功的想法，却终未如愿。

"我每天加班加点工作，忙前跑后协调，一天到头都在忙、忙、忙，为何到了年终评功评奖的时候就没有我？"见面常是埋怨，立功的某某某和某领导是老乡，获奖的某某某很会来事，等等。

我立马斥责了他："别为自己的不努力找一堆理由，无中生有、无事生非只会误了自己。扪心自问一下，你真的比别人努力？"

我是看着他一路走来的，虽说工作姿态不错，但处于不温不火、不紧不忙、不上不下的中间状态，乐于跑跑颠颠，协调工作很积极，也很尽心，但单位的中心工作、核心工作、领导重视的工作，既不主动也不积极，更没有实力，常态化游离于组织和领导的视线之外。

群众的眼睛是雪亮的，组织的考察是客观的，立不了功是必然的，更何况怨恨丛生，理由和托词一大堆。

没功劳就是没功劳，再多的苦劳都是聊以自慰而已。你自以为你很努力，但成效证明你只是瞎努力，没有成绩的瞎折腾。

你不优秀，别人会优秀；你不努力，别人会努力；你看起来努力，别人是真努力。

能者上，庸者下，现实就是这般残酷。

所有的赏赐都是用来奖励工作成果的

任何一个单位，领导不只看重一个人的努力，更看重一个人的结果。对一些单位来说，过程不重要，结果很重要。没有成绩和成果，所有的努力都是白搭。

以色列科学家谢赫特曼家境贫寒，在参与一项重要科研任务的同时，还在业余时间身兼数职以供养家庭，每天频繁奔波于研究和兼职之间，基本只睡几小时。

分心与专心的结果完全不同。谢赫特曼虽然非常努力，研究院的其他同事也没闲着。到了年底，同事们都拿到了一笔不菲的奖金，他却两手空空，分文未得，愁颜满面。

谢赫特曼不解，直接找到研究院领导质问。

"人家有奖金，是因为人家有成果。你虽努力，但你的成果在哪？"

谢赫特曼哑口无言。

深受打击的谢赫特曼回到研究室，只字不提奖金，专心致力于研究成果。2011年，终于在晶体学、材料学领域取得了巨大成功，得到了同行专家的高度认可，并在全球引起了轰动性反响，最终获得诺贝尔化学奖。

成功后的谢赫特曼，常在大小场合告诫大家："从来就没有给工作努力的赏赐，所有的赏赐都是用来奖励工作成果的。"

你有成绩有成果，你就有奖励；你无成绩无成果，付出多少努力，都是空谈。

请突出你的成果，摆出你的成绩

是的，很多时候，我们看起来真的很忙很努力，但只是看起来而已。

你说，你每天早上认真学习理论一小时。你真的认真学了？真学进去了吗？真记住了主要观点，悟透了核心思想？你有没有一个电话过来就耽误了十几分钟，一个微信语音过来，回复来回复去又是十几分钟？

你说，你和某某某一样，训练很积极很刻苦。可是，你真的和某某某一样，凌晨五点就晨训，就寝之后还加灶，业余时间还在学记军事理论？

你说，你每天两点一线，不是在办公室就在去办公室的路上，每天加班加点到凌晨一点多，活没少干，事没少做。可是，你做的都是单位的中心工作、核心工作、领导关心的工作吗？你所攻关的都是有助于推动单位建设的研究成果吗？你所致力的都是推动单位全面建设的重要建设项目吗？

如果以上都不是，你能拿出什么成果和成绩？没有成果和成绩，你用什么来证明自己很努力？

努力很重要，过程也重要，但结果最重要。

要想证明自己，请突出你的成果，摆出你的成绩。

一生执念一事

许一颗初心，守一生执念。一生执念一事，一事执念一生。一经选择，锲而不舍，终生不渝。

名人志士，一生都在执念一事

巴曼·法扎德先生是位美国人，却对中国的莲痴情，一生痴迷于拍莲。

"莲，出淤泥而不染，濯清涟而不妖……"如何拍出心中那朵"不染""不妖"的莲，他无数次细心观察，无数次深入思索，将人生百味与莲融为一体，闻莲的清香，品莲的纯美，悟莲的高贵。为拍到带露水的莲花，他早早地就在池塘边守候；为等到一蜻蜓"立上头"，他架着相机跪在地上，一跪就是几小时，拍完后整条腿全麻，整个人成了一植物人。

拍完"蜻蜓之吻"，策划"凌波仙子"……天天去，天天拍，整整拍了41年，巴曼·法扎德拍的莲有了生命，多了风韵，添了雅致，频获各类大奖，使他成为知名摄影师，众多商业机构以重金相邀。

巴曼·法扎德在大小场合常说，与其蜻蜓点水般浅尝辄止于无数事，不如专心专注于一心爱事。

被冠名"杂交水稻之父"的袁隆平，一生专注研究发展杂交水稻，使水稻产量持续增产增收，成功解决 14 亿中国人吃饭问题；"两弹一星"元勋朱光亚一生专注原子能研究，成为核武器领域公认的"众帅之帅"；屠呦呦数十年带领团队潜心研究青蒿素，终获诺贝尔生理学或医学奖……

执念一事，终成大家、大师、大圣。

但凡成功，都在一生坚守

某特种作战学院，是全军的高中级狙击手培训中心。该中心有个核心人物——邓教授，全军响当当的狙击手总教练。

认识他时，他是我所在军校的射击教员，一个很年轻的连职教员。从小就是枪痴，立志与枪相伴一生。参军入伍拿起了枪，立志要成为枪神，首次参加狙击在逃人员任务，一枪毙敌，从此扬名。地方公安想挖他，他不干；大老板用重金聘他当保镖，他更不干。他立志要让更多的官兵成为枪神。

院校到部队挑选教员，他二话不说报名射击专业，专注于多种轻武器研究。他数年心血专注而成的狙击教材被当成全军通用教材，培训高尖射击人才上千名，培养享誉全军的神枪手数十名，获奖无数，被评为全军优秀教练员。

问起成才之道，他只对我说了六个字："终一生，择一事。"

老谢，因喜欢新闻写作而当了报道员，士官退伍后到地方，很快就被一家报社看中，先当起了记者，后又当上了编辑。干了数年，竟被金钱迷了眼，产生了创业的念头。

背着家属辞了职，投了数万，与几个退伍战友合伙干起了餐饮。却因经验不足，选址不好，干了不到半年倒闭了。接着，又摆地摊，又搞销售，转战数个行业，没能混出个名堂。最终，还是觉得老本行靠谱，回到原报社心无旁骛当起了记者。

数年后，获中央、省部级奖项多个，被市党报看中，转正成了一名光荣的党报记者。如今，他因工作成绩和业务能力出众，成了报社一名中层领导。

兜兜转转一大圈，最终回到初心。谈起成才之道，他无不感慨："还是忠于一事好啊！"

一生执念一事，一事终成一生

苏轼有云："不一则不专，不专则不能。"

一，就是一，不能是二，更不能是三，不从一而专就难能成道、成才、成级。

佛经也有言，一生二，二生三，三生万物。择一，能生二，能生三，能生万物。做到专一，做到极致，就能无限循环，就能频生万物，就能取得更大成就。

但是，专一而事，不是一蹴而就，也不是一劳永逸，需要付诸精力，甚至是毕生心血。

人云：多数重要的有价值的领域，专注投入后，往往一年入门，两年入道，三五年成骨干，十年八年成柱子，二十年后是精英，三十年后终成骨灰级人物。

要有所建树，怠慢不得，松懈不得，半途而废更不得，必须专一而行，数年如一日，坚持不懈，持之以恒，方能有所成。

择一事而终，这个"一事"不是"一件事情"，而是"一项事业"，一字之差，万般区别。

当事情来做，用心短则一时一天，多则一年两年就能做好，但从内心来讲，它只是一件事，一件或大或小的事而已，不值得倾注太多心血。

当事业来做，就将其地位放大了数倍，其身价提升了数倍，是源于热爱，衷于喜欢，终于激情，用毕生的心血倾注，用毕生的汗水浇灌，用劲、用力、用心，成了，就是宏图大业，就是丰功伟绩。

作家马尔科姆·格拉德威尔在《异类》一书中指出："人们眼中的天才之所以卓越非凡，并非天资超人一等，而是付出了持续不断的努力。一万小时的锤炼是任何人从平凡变成世界级大师的必要条件。"他将此称为"一万小时定律"。也就是说，要成为某个领域的专家，需要一万小时。

想成为专家需要一万小时，想在这个领域取得更大成就，成为这个领域的顶尖人才，则需要更多的时间、更大的精力。若是一生，将终成巨大成就。

所以，一生执念一事，一事终成一生。

你只管努力，大不了大器晚成

青春是一种状态。胸怀梦想，只管向前，只管努力，什么时候都不晚，什么时候都不会晚，大不了大器晚成。

没关系，大不了大器晚成

下士小甘，军龄三年。没遇到我之前，是一基层连队的文书。遇到我之后，变成了一名机关兵。一到机关，野心便有了。他对我说，比他小两岁、少一年兵龄的某某某，都已经提干了，他也想提干。

提干是好事。遇到有志青年，我是相当欢喜，也是相当欣慰。我鼓励他，要好好干，至少要立两个三等功，或是一个二等功，但这很不容易，不是想想就能实现，也不是稍稍努力就可以的事情，是要下大劲，花大力气，取得大成绩才行。他说，只要跟着我，就是希望。我答应了。

跟着我的第一年，工作、学习才上道，年底摆成绩，拿不出手。跟着我的第二年，工作、学习稍有起色，年底摆成绩，拿得出手了，可是，还不够出色。我问他，一个三等功都没立，还想提干吗？他说，还想。

跟着我的第三年，天天加班加点学习，积极有为工作，取得了不少成绩。但单位当年大项试点任务重，工作出色的战士也不少，竞争压力大。

"如果今年还立不成一个三等功，以后就难了。"我说。

他很平静，也很坚定："没关系，大不了大器晚成。"

当年底，命运之神垂青了他，立了第一个三等功。第二年，他更加卖劲地学习、工作和训练，终于，又立了一个三等功。

如今，他已是一名基层连队的指导员。

现在，他常拿自己的经历激励手下有理想有目标的战士："干什么只管努力，大不了大器晚成。"

人，过早成名未必好

著名作家张爱玲说，出名要趁早。

张爱玲出名算是早的了，7岁开始写小说，12岁开始在校刊和杂志上发表文章，尤以缠绵悱恻的爱情故事感动着万千痴男怨女。

谁不想趁早出名，可谁又能随随便便成功？一些望子成龙、望女成凤的家长，给孩子不停地报这个兴趣班、那个特长班，资本雄厚一点的家长不惜花重金请这家电视台，找那家知名导演，让孩子早早地上镜。还有的个别家长、年轻演员为早日出名不择手段，甚至违背道德底线，其结果呢，往往拔苗助长。

林妙可、徐娇，遇到伯乐早早出名，算是运气好的了。但她们并没红多久，就淡出了人们的视线。一些能歌善舞、能说会道、能唱会跳，有着这类或那类特长的孩子们，早早地出现在观众面前，让很多电视机前的家长、小朋友们看后唏嘘和震撼不已，但后来呢，并没有更多地出现在公众视野，更多的是消失在了茫茫人海。

再讲一个故事：我在阳台上种了几棵水果黄瓜，属于节节有瓜的那种高产水果黄瓜。长到五六片真叶的时候，每节枝叶上便开始冒出一根细细的、黄黄的小瓜。看着枝蔓上节节都有瓜，我欢喜不已，天天期待每节能长出一条又大又水灵的黄瓜。

可左等右等，等了一个多星期，这带着刺的小瓜一根根就是不见长，还变黄变蔫掉落了下来，原先绿油油、一天一个色的瓜蔓也停止了生长。

母亲事后告诉我，留瓜太早了，瓜不仅留不住，瓜藤也一时难长壮；要等瓜长到八至十片真叶，瓜蔓长粗长壮的时候才行。

未成气候就过早想要果实，不行！

有时候，大器晚成也挺好

竹，四年时间在土里扎根，四年只长三厘米。可到了第五年，它就会以十倍的速度生长，仅仅六周时间，长到 15 米。

荷，每一天都会以前一天两倍的数量开花。到了第 30 天，花开满池。那是不是第 15 天的时候，花开半池呢？不，是第 29 天。

蝉，蛰伏在暗淡无光的地下生活三年，只取树根少许汁液而活。可到了三年后的夏天，一夜之间便蜕变成知了，叫醒整个夏天。

竹也好，荷也罢，蝉也是，它们成长的经历都启示一个理：厚积薄发，大器晚成。

纵观历史风云，但凡能够担天下大任者，往往都属于大器晚成之人。

姜子牙直到 72 岁才得到周文王的赏识和重用，之后成为周朝开国元勋；汉高祖刘邦 48 岁才开始打拼天下，54 岁君临天下；左宗棠 40 岁时，因太平天国运动爆发才进入湖南巡抚成为高级幕僚，48 岁才得到曾国藩的赏识和推荐，51 岁升为一品闽浙总督；四大名著之一《西游记》的作者吴承恩，50 岁才想起写书，82 岁时《西游记》才开始流传。

大器晚成之人，平时大部分时间都在蛰伏、沉潜、隐忍，一旦天时、地利、人和，犹如猛禽，不飞则已，一飞冲天；不鸣则已，一鸣惊人。正如处世奇书《小窗幽记》所言：伏久者，飞必高；开先者，谢独早。

德国作家关于青春有一句话：青春并不是指生命的某个时期，而是一种精神状态。

在这种状态中，我们不惧年华，因为来日方长；我们不怕失败，因为我们屡败屡战；我们不畏将来，因为未来可期。只要还想开始，只要甩开了膀子，只要不断前行，我们都在青春。

在青春，只管努力，一切皆有可能，大不了大器晚成！

但我更想说：有时候，大器晚成也挺好！

你为什么不试一试呢

你为什么不试一试呢？

所有事情，只要你把"不行""不会""不能""做不到"换成"我试试"，那么，一切皆有可能。

你行还是不行？

当领导准备赋予你一项任务，问你"行不行"，你是问答"我不行"，还是"我行"？

当你回答"我不行"时，你已经失去了这个表现的机会；当你回答"我行"时，恭喜你，机会来了。

类似这样的情况，如果你有过两三次回答"我不行"的时候，你就做好被淘汰的准备吧；如果你有过两三次回答"我行"的时候，并努力把这些任务完成得很漂亮很出色，那再次恭喜你，你就快成为单位的核心，领导的得力干将，成功也就在你眼前了。

"我不行"其实就是"我做不到""怀疑自己无法完成任务""对自己的现状很不满意""担心会失败""怕被人耻笑"等负面心理在作怪，从本质上说就是不相信自己。自己都无法相信自己，成功又从何谈起？

人，最大的敌人是自己。一旦消灭了这个最大的敌人，你也就走出了负面的消极，迎来了崭新、乐观、自信的自我。

心胜了，我们就能勇敢挑起重担，就能勇于攻坚克难，就能锐意积极进取，就能把"不在行"变成"很在行"，把"不可以"变成"很可以"，把"不可能"变成"很可能"。

敢说"我很行"

有一个营销经理想考考他的手下，就给他们出了一道题，把梳子卖给和尚。

第一个人出了门就骂："什么狗屁经理，和尚都没有头发，还卖什么梳子！"找个酒馆喝起了闷酒，睡了一觉，回去告诉经理，和尚没有头发，梳子无法卖！经理微微一笑，和尚没有头发还需要你告诉我？

第二个人来到了一个寺庙，找到了和尚，对和尚说："我想卖给你一把梳子。"和尚说："我没用。"那人就把经理的作业说了一遍，并说："如果卖不出去，就会失业，你要发发慈悲啊！"和尚就买了一把。

第三个人也来到一个寺庙卖梳子，和尚说，真的不需要。那人在庙里转了转，对和尚说："拜佛是不是要心诚？"和尚说："是的。""心诚是不是需要心存敬意？"和尚说："要敬。"那人说："你看，很多香客很远来到这里，他们十分虔诚，但是却风尘仆仆，蓬头垢面，如何对佛敬？如果庙里买些梳子，给这些香客把头发梳整齐了，把脸洗干净了，不是对佛的尊敬？"和尚觉得有理，就买了十把。

第四个人也来到一个寺庙卖梳子，和尚说，真的不需要。那人对和尚说，如果庙里备些梳子作为礼物送给香客，又实惠、又有意义，香火会更旺的。和尚想了想，觉得有道理，就买了 100 把。

第五个人也来到一个寺庙卖梳子，和尚说，真的不需要。那人对和尚说："你是得道高僧，书法甚有造诣，如果把您的字刻在梳子上，刻些'平安梳''积善梳'送给香客，是不是既弘扬了佛法，又弘扬了书法？"老和尚微微一笑，无量佛！就买了1000把梳子。

第六个人也来到一个寺庙卖梳子，和尚说，真的不需要。那人对和尚说了一番话，却卖出了一万把梳子。

那人说了些什么？

他告诉和尚："梳子是善男信女的必备之物，经常被女香客带在身上，如果大师能为梳子开光，成为她们的护身符，既能积善行善，又能保佑平安，很多香客还能为自己的亲朋好友请上一把，保佑平安，弘扬佛法，扬我寺院之名，岂不是天大善事？大师岂有不做之理？""阿弥陀佛，善哉！善哉！"大师双手合十，"施主有这番美意，老衲岂能不从？"

就这样，寺院买了一万把，取名"积善梳""平安梳"，由大师亲自为香客开光，生意竟十分兴隆。

向和尚卖梳，看似"不可能"，却成了"可能"；看似"我不行"，却成了"我很行"。

不试试，怎么知道你不行

美国的布鲁金斯学会以培养最杰出的推销员闻名于世。

1975年，该学会一名学员成功将一台微型录音机卖给了尼克松。这成为该学会最大的骄傲。

至此，该学会便有了个传统，在每期学员毕业时，设计一道最能体现推销员能力的实习题，让学员去完成。

克林顿当政期间，他们出了一道"把一条三角裤推销给现任总统"的习题，八年间，无数学员为此绞尽脑汁而无获。于是，克林顿卸任后，该学会把题目换成了"请把一把斧子推销给小布什总统"。

鉴于前八年的失败，许多学员放弃了争夺金靴奖的机会，可学员乔治却迎难而上。

小布什有个农场，农场里有很多树。乔治尝试给总统写信："有一次，我有幸参观您的农场，发现里面长着许多大树，有些已经死掉，木质已变得松软。我想，您一定需要一把小斧头……"

简简单单一封信，乔治就这样成功将一把斧子推销给了小布什。该学会把刻有"最伟大推销员"的一只金靴子赠予了他。

在哥伦布成功之前，谁会相信大洋彼岸还有绿洲？在乔治成功之前，谁会相信他能将斧头卖给总统？在第六个人没出现之前，谁会相信他能卖出这么多梳子给和尚？很多的"不可能"其实是你内心预设的失败，是你完全的不自信。如果这种"不可能"占据着你的大脑，你会努力去尝试吗？你连尝试的勇气都没有，而不尝试，你怎么会有机会成功呢？

我们常讲"你不试试，怎么知道你不行"，有些事情，你可能不自信，但试试也许就会柳暗花明，也许就会"众里寻他千百度，蓦然回首，那人却在灯火阑珊处"。

决心就是力量，自信就是成功。只要坚信你"很行"，你就一定"行"。

好好珍惜八小时之外的时光

下班之后，你是闲下来陪家人，吃一顿温馨的晚餐；是与好友聚在一起吃吃喝喝；是抱着手机打游戏、追热剧、刷抖音；是选择一两本书静谧幽然；还是热衷于自己的学习进阶？

哈佛有个著名的理论，人与人之间的区别在于业余时间。

成功的人，比你想象的要努力

有一个"三八理论"，讲的是一天二十四小时可分成三份：八小时工作，八小时睡觉，八小时自我安排。

一天除了工作和睡觉，剩余的八小时的自我时间，你会怎么安排？都会干什么？

成功的人，比你想象的要努力。

老裴大学学的是计算机专业。大学毕业后分配到了基层连队带兵。

训练、学习，训练、劳动，每天的生活都是紧张而忙碌的。到了晚上和周末时间，谁都想好好躺下来休息休息，补个好觉、听首好歌、看场电影、下盘象棋、打打桥牌，或是跟家人通通电话，给身心好好放个假。

老裴却是个另类，一个永远不懂累的另类。

忙碌一天后，大家嘻嘻哈哈沉浸在电影中，他却捧着个电脑在编程；大家在听歌，打桥牌，跟家人通电话，他抱着电脑在写代码；晚上，大家都躺床上休息了，他还在利用睡前一小时写着没完没了的代码。

八小时自我安排时间，老裴有空就沉浸在电脑代码中。

单位组织理论知识考核，老裴自告奋勇，稍稍一敲键盘，就研发了一套网上答题软件。以前，机关要出卷、印卷、发卷，还要进行阅卷，耗时又耗力。现在只要把官兵集合到电脑面前，敲敲键盘，就能"一条龙"考核、阅卷。

互联网进军营，如何让官兵既能在网上开心学习和冲浪，又能保证不泄密？老裴再次自告奋勇，研发了一套安防软件，只要一有敏感字样出现，互联网网关自动进行屏蔽和报警。

为进一步深化网上文化活动，让官兵感受时代网络文化气息，老裴又开发出了数套体育游戏软件，让官兵身临其境和电脑面对面打乒乓球、打排球，就和平时在运动场上一样。

自从老裴来后，单位的业余文化生活仿佛一夜间如同刘姥姥进了"大观园"，令官兵们叹为观止，欣喜不已。

从此，官兵逢人就夸老裴好，夸老裴是部队急需的信息化顶尖人才。夸着夸着，老裴出了名，从连队一步登顶，调到了原军区机关，先后为部队研发了数套安防软件、管理软件、军事游戏竞技软件等，获多个信息化建设奖项。

业余时间多下点功夫，你的人生就比别人多一分精彩

一位大学教授对即将毕业的年轻学子们说："人活着最重要的就是价值和意义，年纪轻轻不要沉迷于网游、恋爱和享乐，业余时间去追求点高雅风趣的事情，人生才将对得起每一寸光阴。"

老贺听进去了。

当年轻学子们凑在一起，业余时间嘻嘻哈哈到处疯玩，开开心心互伴相约时，

老贺沉醉于书法之乐，其乐融融。

每当同室好友都出去了，宿舍就剩下老贺一人时，老贺就会摆出笔墨纸砚，与书法相约，与笔墨相伴。老贺规定，每天要习字一小时。

周末闲暇，大家都在疯、都在约、都在玩的时候，老贺不是在图书馆研习大师们的书法，就是在去拜见书法界的大师路上，回来后，还要兴致盎然地临描一会儿。

大学四年业余时间，老贺参加各类书法沙龙和笔会，获奖无数，在当地书法圈小有名气。再后来，老贺毕业任教，业余时间仍坚持不懈，书法造诣得以延续和精进，成为当地书法协会精英会员。再后来，老贺一路成长为当地书法协会副会长、会长。现在，老贺的书法作品价值以万元计。

老贺说，习字非静不可，不静难以修习。人如字，字如人，沉醉其中，能修身，能静气，能涵养品格，能悟懂很多人生之道。

老贺还说，一个人只要每天肯花一点时间来做一件自己喜欢的有意义的事，不管是否与工作有关，日积月累，总能取得回报，时间不必太多，每天一小时，就足够。

老贺还经常教育学生："业余时间多下点功夫，你的人生就比别人多一分精彩。"

抓住业余时间里的时间碎片

以前的小李，和万千韩剧迷一样，下班回来最爽的事情，就是躺在自己的大床上，流着泪、动着心地追着缠绵悱恻、感天动地的爱情剧。

小李认为，八小时之外，做自己喜欢和想干的事，能让脑子和身体得到很好的放空，能让自己更富有激情。

后来，小李发现错了，越追越沉迷，越追越上瘾，以至于每天追到凌晨三四点，把自己累得不行。第二天，强睁着半醒半张的熊猫眼上班。

太累了。

听听音乐，品味人生。一次偶然的机会，小李在手机上找到了一个读书APP。听着带有音乐、能触动敏感神经的优美文字，小李仿佛进入了一个另外的有声世界。

这个世界里，有对亲人的思念，有对故人的缅怀，有对社会冷漠、人情淡薄的抨击，有对人情世故的独特见解，有对为人处世的循循教诲，太解渴，太动心，太让人受教育。

小李太喜欢这个APP了，非常热血地申请报名，当了一名有声情感文字主播。精选一则好文，配上舒缓的音乐，带有感情地试播起来，一遍又一遍，直到自己非常满意后，才传到网上。

第二天，满怀期待打开有声读书APP，听到自己优美的声音，她自己都沉醉了。

小李欣喜若狂，骄傲、自豪、成就感涌上心头，拿着手机给闺蜜听、给父母听，恨不得让所有认识她的人都能立刻听到。

如今的小李，有声播音粉丝量达到数十万。慢慢地，她还自己写博文，自己播，实现了播音与写作同频共振的美好心愿。

拒绝无聊，拒绝享乐，抓住业余时间里的时间碎片，走进有声电子书中，用思想来丰富自己，用音乐来陶醉自己，你会发现，心情别有滋味，收获别有洞天。

闺蜜说，现在的小李，很有董卿的范，走到哪，都是"腹有诗书气自华"。

想当精英，还是想平庸一生，一切都在于自己的选择。

能不能抓住八小时之外的时间，能不能好好珍惜八小时之外的时间，也一切都在于自己的选择。

命运掌握在我们自己手中。

吃苦，我们是认真的

有人说，人生的苦主要有两种。

一种是成长的苦，是主动改变，是寒窗苦读，是埋头奋斗，是孤独；另一种是生活的苦，是世俗琐事，是奔波操劳，是冷嘲热讽，是被收割。

既然都要经历，不如认真地经历。

年轻，乐把苦头当饭吃

我入伍时，新兵班共9人。进新兵连训练才一个月，8个战友先后纷纷吐苦水："要知道当兵这么苦，我才不来！"一个大个子战友问我："你后悔吗？"

这一个月里，我们叠被子、搞队列、训体能，每天重复着"老三样"，紧张、枯燥、劳累，一些家境优越的新兵因苦累而冒出了后悔的念头。

我是全班个头最矮的新兵。就中长跑和冲刺训练，我是最吃亏的，大个头一步可以相当于我两三步，我怎能追得上他们？要想不掉队，除了坚持就是坚持，除了吃苦还是吃苦。周六，全班战友都可以休息，可以晚起半小时床，他们还在梦境中时，我已经在五公里长跑途中。

后悔吗？"不！我从未后悔过。"我对大个子战友说，"路是我自己选的，我不但不后悔，反而还庆幸自己能穿上军装，就为了这身军装，我必须义无反顾，一往无前。"

新兵连结束，部分战友先后去学了技术，唯独我被分配到了战斗班排，继续着步兵连五公里、四百米障碍等高强度训练。当因训练强度大导致骨膜炎而站不起来时，当从单杠上坚持不了掉下来时，当木马擦屁股时，当掉进两米深的障碍坑中爬不上来时……所有的失败和挫败，我都咽进肚里，流着泪、咬着牙爬起来，跑起来，跳起来。

我对自己说，我的人生词典里，只有前进没有后退！

现在回头想想，如果没有当初的坚定和执着，没有一如既往的拼搏，不是乐吃成长的苦，哪有今天的自己。

年轻，乐把苦头当饭吃，才有后来的苦尽甘来。

等到年事已高、回忆往事的时候，我会自豪曾有过一段令自己骄傲、刻骨的成长岁月。

不怕苦才能不苦

怕吃苦，苦一辈子；不怕吃苦，苦一阵子。

很多时候，并不是说非要吃苦。但既然人生的两种苦，都得直面和经历，躲也躲不了，跑也跑不了，不如严肃以待。

你不怕苦，苦算得了什么；你怕苦，苦就是强敌。畏缩、畏惧了，当了一时的逃兵，选择了一时的安逸，可生活又岂会让你一辈子从容和安逸？

一个人越是想着如何少吃苦，越是会吃更多生活的苦。不吃今天的苦，就得吃明天的苦。

马云说："今天很残酷，明天很残酷，后天很美好。"吃得了今天残酷的苦、明天残酷的苦，就能赢来后天的美好。

不愿吃苦，说到底就是想不劳而获，可当我们真正过上不劳而获的生活，我们的幸福感反而降低了。

太容易得到的东西，不值得炫耀，不值得回味，你也不懂得珍惜。幸福久了，波澜不惊、一潭死水般地过着，再好的美味佳肴也会腻，再甜的糖也会觉得苦。

不想先苦后甜，就会先甜后苦。

生活向来是公平的，过早为自己选择一条安逸的道路，只会让自己越来越习惯于平庸；过早地让自己过上幸福的生活，只会让自己越来越没幸福感可言。只有在该吃苦的时候，不畏惧地吃苦，生活才会越过越精彩。

你我都是平凡的普通人，做着平凡的工作，过着平凡的日子，吃苦或许不能彻底改变我们平凡的命运，但不愿意吃苦，连改变的机会都没有。

不怕吃苦，生活才会不苦。

笑把苦累当美酒，终将醉入心与扉

杨绛先生在她的《一百岁感言》中说："在这物欲横流的人世间，做人实在是够苦的。"既然人生够苦，都得经历，那何不认真去经历呢？笑把苦累当美酒，终将醉入心与扉。

要熟知一万小时定律：只要经过一万小时的锤炼，任何人都能从新手变成高手。所谓艺高人胆大，只有平时多流汗，把自己从新手变成高手，才能胆大心细，勇往直前，战时才能少流血。先从一万小时定律入手，吃足训练的苦，把武艺练精了，才不枉"来部队锻炼"的初衷，制胜于战场。

要刻意自律。这种自律，说白了，就是为了一个奋斗目标锐意自讨苦吃。吃什么苦？吃改变的苦，吃提升自我的苦，吃不喜欢还要冷眼面对的苦。就是要远离舒适区，制订严格的自我提升计划，当惰性来时敢于叫板、敢于自省，当遇到困难和挫折时，不气馁、不懈怠、不放纵，今日事情今日毕，绝不拖拉到明日。

要敢于超越。比如，你想当班长，那就先提升军事素质，再提升带兵管兵的能力，刻意吃足训练的苦，刻意讨教管兵育兵之道，全面提升自己的带兵气质、管兵能力。还比如，你想在新兵中与众不同，那就得挤出时间充实自己，牺牲看电影、刷抖音、打游戏等娱乐时间，钻书本、深思考、多实践，用知识奠基，用眼界提形。

一位作家说，让你痛苦的人，往往是你的贵人；让你痛苦的事，往往是你最需要提升的地方；让你痛苦的平台，往往是成就你的平台。既然军营是让你受苦受累的平台，那她就是成就你的平台，就是你的大贵人，就需要我们义无反顾，一往无前。

每经历一次痛苦，就会完成一次不同凡响的蜕变，遇到一个让自己不敢相信的更优秀的自己。

吃苦，我们应是认真的。

认定的事，再难也请坚持

自己选的路，也许一路泥泞，也许一路坎坷；也许阴雨连天，也许一路风雨。想放弃，还是想退缩？

我想说的是：自己选的路，再难也请坚持！

前行的道路虽泥泞，不坚持怎能到达

哈佛大学曾做过一个调查，说一个人的一生，一般会有七次机会改变人生走向。但上天发放每一次机会时，都会设置一些门槛，只让有胆量的人去跨越。

被盛赞为"国漫之光"的《哪吒之魔童降世》，人物形象逼真生动、动漫效果活灵活现，89分钟创造了票房过亿的历史新篇，创下动画电影首日最高票房纪录。"我命由我不由天"，一时间成为上亿观众的人生箴言。

国漫成功了，国漫人走上了历史前台，导演饺子也由一个名不见经传的普通小伙成为大家耳熟能详的动漫圣师。

人不疯魔，不成佛。

从小到大，饺子都酷爱绘画。但无奈家境贫寒，感到长大后靠画画赚钱的人凤毛麟角，只能强压兴趣爱好的火焰，准备好好做"一头圈养猪"，了却此生。

但是，这个画画的火焰在他心中从未熄灭过。压抑三年后，又回来了。自学三维动画软件，入行计算机动画。尽管教材相当匮乏，尽管当时的动漫很不景气，但只要是认定了的事，克服万难都要坚持。

没有优秀案例，投资信心不足；成本压力太大，市场畸形发展；工业化不成熟，无法稳定产出；动画人才断层，创意人才缺乏；低幼动画扎堆，成人动画遇冷……只要不下牌桌，一切皆有可能。第 66 稿与第 1 稿相比，改动超过了 50%，饺子带领着自己的团队历尽千辛万苦坚持了下来。

"认定的事，再难都要坚持下来。"国漫大师饺子说。

要么向下滑溜，要么向上攀登

不忘初心，方得始终；不惧辛劳，方能成功！

抖音中有一个图画寓言故事：第一幅图，挖金人卖力地在地下挖了一个较深的洞，没看到金子便放弃了；第二幅图，挖金人又卖力地挖了一个很深的洞，只要再卖点力，就能挖到了，但他还是放弃了；第三幅图，挖金人不甘心，又选一地挖了下去，但这次，他只浅浅地挖了一会儿，就放弃了；然后，又在旁边选了一地继续挖，这次挖得比前三次都还深，但终究是累了没能再坚持下去。其实，金子就差最后一铲了。

挖金人不努力吗？很努力，但他的努力还不够，幸运之神也未照顾他，他在"临门一脚"的最关键时刻放弃了。如果坚定信念，坚持到底，再难也不回头，再艰辛也不放弃，一挖到底，金子不就出来了？

巴甫洛夫是俄国生理学家、心理学家、医师，曾荣获诺贝尔生理学或医学奖。有人曾问巴甫洛夫，人的一生共有几种行动方式？

巴甫洛夫说："这个问题我想从生理学之外的角度来回答你。人的一生基本有两种行动方式，一种是向下滑溜，一种是向上攀登。"

巴甫洛夫解释说："一眼看上去，你会觉得向下滑溜很容易，向上攀登很困难。但实际上正好相反。向下滑溜的人很快就活得累了，他们一般都过早地退出了人生舞台。而向上攀登的人却可以一直往前，他们甚至到了90岁依然精神饱满、神采奕奕。"

一览众山小。选择了山峰，坚持不懈地往上爬到顶峰，满身心都是对自己的敬佩，满眼望去都是世间的美好。而选择了往下滑，虽然滑得很轻松，但滑得很快，几秒就见底了。

是选择坚持爬向人生的高峰，欣赏人间的奇丽，还是选择轻松平庸，过早地滑向人生的低谷?

也许有人会说，谁都想爬上人生的高峰，但谁又能如愿? 放弃很容易，坚持却很难；一时做容易，永远坚持很难。

但请相信，不管多难，只要有理想、有信念、有胆量、有韧性，敢拼、敢坚持，就一定能爬上去。

不信，你试试!

只要坚持，终会拥有

中士小梁退伍后，先后当过保安，干过餐饮，摆过地摊，还到深圳某电子厂打过工，最后，他还是做回自己的老本行——养猪，只因当初在部队当过一年的"猪倌儿"，成功养殖了60多头大黑猪。

小梁意气风发，一次性投资了100万元，建了个猪场，养了200多头猪。本想大干一场，却发生了意外事故，一员工从猪场楼顶摔下，躺进了医院，一下就赔了近百万元，房子抵了，车子也卖了。200多头猪每天要吃掉上万元的饲料，钱周转不过来，只好把猪场转给了他人。

小梁不死心，第二年从银行借了50多万元，又向大猪场老板赊了一部分，购进了100头猪。养了两个月，猪儿都长到百来斤了，却"屋漏偏逢连夜雨"——

暴发了全国性的猪瘟，又败了个颗粒无收，弄了个一贫如洗。

家人纷纷劝说不要蹚这趟浑水了。小梁就不信邪，他认定，只要过了这场全国性的猪瘟，猪价必定会上涨。于是，他再次向银行贷了 50 万元，请来专家指教，购了大量的技术书籍，学防病治病，学饲料配备，甚至把生活用品悉数搬到了猪圈，全身心地投入养猪事业中。

5 个月后，他的第一批猪全部出栏，因当时猪价已经翻了两番，小梁除却本钱后，还赚了不少。之后，他不仅把赚到的全投进去，还向战友、亲人等又筹了100 万元。又过了 5 个月，小梁的生猪全部出栏，不仅还完了所有的欠账，还赚了几十万元。去年，他又建了一个大猪场，还盖了一栋别墅，买了一辆"宝马"。

敢想敢干敢坚持，哪怕是再难，再艰辛，只要是认定了，就义无反顾地往前冲。即使天阴，也阴不过数日，即使有雨，也雨不过多时，总会有阳光普照、朗朗晴日的时候。

相信，只要坚持，终会拥有。

尊严，靠实力决定

实力决定一切，包括尊严。想要有尊严，就竭尽所能地提升自己的实力。否则，连你晒的太阳都有可能是二手的。

没实力，你的尊严一文不值

尊严是什么？说到底就是他人尊重你、敬佩你、敬重你的程度。你越有实力，人家就越尊重你、敬佩你、敬重你；你越没实力，人家可以视你为无物、视你为空气，甚至视你为垃圾，可以随意批评你、践踏你、辱骂你。

尊严无价，至高无上？你没实力，别人眼里，你的尊严一文不值。尊严有价，尊严的这个价，取决于你实力的大小和高低。在实力不够的时候，务必低调、隐忍。正如比尔·盖茨所说："世界不会在意你的自尊，人们看到的只是你的成就。在你没有成就之前，切勿过分强调自尊。"

著名画家启功年轻时绘画就小有名气了。有一次，他的一位亲戚向他索要一画，末了却不忘叮嘱启功一句，别署名和盖印。

什么意思？说白了就是嫌启功的书法水平低，登不上大雅之堂。说重一点，这是对一个作者的极大蔑视，用现在的一句热语来形容："伤害性不大，但侮辱性极强。"

听到这句话的启功，心里非常难受，但他没有发作。因为一旦发作，就证明自己气量小了，就把自己的风范给丢了。正确的做法，应是默默地承受，暗暗地励志。

启功采用了正确做法，用最大的隐忍作了一幅画，以最诚的微笑送予亲戚。转过身后，钻进了书房，发愤图强，苦练精进，日复一日，最终成为公认的大书法家。

尊严，是自己给自己的

在部队，训练不行，就没尊严可言。

我当兵的时候，排里有位东北的战友，由于体形胖，训练啥啥都不行，但吃啥啥香。在副班长的嘴里，他就是"什么都不行"一个。

文绉绉带不了兵，必须得有一股蛮劲和虎气，该批就得批，该训就得训，该斥就得斥。副班长是个直性子、火脾气，看着这个东北兵不思进取、啥啥不行的样子，训斥得更加厉害。

一次400米障碍训练，东北兵又掉了链子，掉进深坑里爬不上来了，拉低了班里的成绩。副班长一火，"废物""饭桶""窝囊"……什么不好听的气话都说了。这个东北兵受不了，火气上来了："你记住了，十年后，我要让你高攀不起。"

十年后，这个东北兵真有了点出息，退伍后回乡办企业挺成功。但他不但没记仇，还专程跑到这个副班长的老家，拎着大包小包的礼品感谢起副班长。

酒杯一端，东北兵眼里涌出了泪水："感谢副班长，如果不是你那么特意关照我，那样狠狠地训我，我可能还醒悟不了，可能还是个没斗志的'废物'……"

不行就没尊严可言。要捡回自尊，就得拿实力说话，就得把别人对你语言上的攻击和侮辱当成是前行动力，默默承受，好好隐忍，狠狠上进，干出成绩，拿出成就。

尊严，是自己给自己的，是拿实力来说话的。

选择大平台真的很重要

没有平台，你可能什么都不是。有更大的平台，你的身价可能迅速提升百倍，成功也可能近水楼台先得月，随时可得。

同样一物，平台越高价格越贵

一个小和尚问禅师："师父，我人生最大的价值是什么呀？"

禅师没有回答，只是叫他去后花园搬了一块任人随意践踏的垫脚石，每天拿到不同的地方去卖。卖的过程中不要讲话，有人问价就伸出两个指头就好了。但石头也不要真卖掉，回头再抱回来，到时候自会告诉他答案。

第一天，小和尚抱着石头去了菜市场，一个妇人出价2元，想买回去腌咸菜用。

第二天，小和尚去了博物馆，有人喊价2000元，认为石头神秘，要拿来雕刻神像。

第三天，小和尚又去了古董店，这一次竟然卖到了200000元，有人要拿来当文物收藏。

小和尚难以置信，立马抱着石头回去问师父。

禅师笑道："孩子啊，人生最大的价值就好像这块石头，你把它放在哪里，就值什么样的价钱。"

是啊，同样的东西，平台不一样，价值就会不一样。

印象中，人生吃得最贵的一份炒饭，是在博鳌亚洲论坛。

刚当机关干部那会儿，领导通知我去博鳌亚洲论坛保障一次重要会议顺利进行。

人生很多的第一次，都是懵懵懂懂过来的。

第一次保障高规格会议，什么都不懂，随身就带了一台相机，也没带车，更不知道会场附近也没有饭店，还不敢随便乱跑。

忙了一上午，饭点过了，肚子饿得厉害，四处寻找，才找到会场餐厅。怕耽误工作，便随便点了一份炒饭。

吃完结账，傻眼了，168元！

这就是一份普通的炒饭，平时在大排档吃也就10元，在普通饭店也就卖30元。

我有点不敢相信："怎么这么贵？"

"这是哪，这是亚洲国际会议平台！"

没办法，只能乖乖掏钱。

后来，我敏感地发现，同样一瓶矿泉水，在普通商店卖3元，在电影院卖6元，那在机场呢，卖15元。

同样一种热带水果，在批发市场卖10元/斤，在普通商店卖15元/斤，那到了机场呢，能卖到45元/斤。

同样一物，平台越高价格越贵啊！

选择大平台吧，选好了，这一生、这一路会走得很顺

突然间喜欢上了养鱼。

花200元钱买了一个不大不小的玻璃鱼缸，精挑了3条拇指大的锦鲤，2条茶杯大的地图鱼，1条小手指大的清道夫。买了最贵的鱼饲料，期盼把鱼儿养好养大。

每天定时放食，每周定时换水，每月定期清理鱼缸，还买了益生菌类的养水液，精心地待弄着这些小鱼儿。

然而，还是让我挺失望的。

一个月过去，2条地图鱼先后死去，3条锦鲤快乐且顽强地活着；一年过去了，3条锦鲤依然"外甥打灯笼——照旧（舅）"，原先拇指大现在还是拇指大；又一年过去了，3条锦鲤原先拇指大现在还是拇指大。

儿子问我，都养了两年了，这鱼怎么就是不长？

我说，我也奇怪，这锦鲤可是能长挺大的。

儿子便提议，干脆把这3条鱼放生，让它们自由自在地去生活。

于是，我们为其找了一个好地方——一连队的池塘。

放生后，我们很快就把这事给忘了。

没想到，一年时间过后，连队的指导员跑过来告诉我，池塘里的3条锦鲤现在长到1斤多一条了，而且还生了一大窝漂亮的小锦鲤。他边说边拿出手机，把照片一张一张翻给我看。他还拍了视频。视频中，3条锦鲤又肥又壮，一群黑压压的小锦鲤们开心地浮在水面争着食儿。

为何在鱼缸里养了两年不见长，可到了池塘一年不到就长得膘肥体壮呢？

"池子大，心情舒畅，活食多啊！"指导员说。

是啊，于物于人，成长环境都非常重要。

细想想，为什么一些有志青年，毕业后宁愿到北京、上海等一线大城市住地下室、吃大排档，也心不甘情不愿地在三线城市住高楼、开宝马呢？因为他们深谙，平台不一样，得到的锻炼不一样；得到的锻炼不一样，价值就会不一样；价值不一样，收获就会不一样；收获不一样，发展就会不一样；发展不一样，前途也会不一样。

搏一搏，单车变摩托。年轻的时候，不闯不搏，待到容颜老去、青春已逝，有了家庭束缚，还有斗志和资本去奋斗吗？只怕到时后悔不已，追悔莫及。

所以，选择大平台吧。选好了，这一生、这一路会走得很顺；选差了，这一生、这一路可能会走得很崎岖，很辛苦。

只要相信，就有希望

知名作家张德芬说：当你真心想要一样东西的时候，你身上散发出来的就是会吸引那样东西的那种振动频率，然后全宇宙就会联合起来帮助你得到你想要的东西。

你信吗？

不管你信不信，我信！

你相信好运，好运往往会伴随你左右

心理学家麦基在《可怕的错觉》中写道：你看到的只是你想看到的。

麦基还说："人的一生正如他天天所想的那样，你怎么想，怎么期待，就有怎样的人生。"

说一下自己两次出海钓鱼的切身感受吧。

第一次出海，我天天想钓大鱼。出发前和航行路上，我关注了好几个抖音号，都是关于海钓的短视频，每个视频都是钓深海大红鱼、大鱿鱼、大石斑鱼的，一看就来劲，心里跃跃欲试。看得久了，心里无形中就产生了一种我也能钓深海大鱼的信心。

于是，一到点上，我就第一个拿出海钓竿摇了起来。说真的，这是我第一次体验深海钓鱼，也是第一次甩"铁板"，完全是从短视频上现学现卖钓鱼技巧的新手，但我心里就是相信自己能钓到鱼，无比坚定地相信自己。

线放到深海 200 米深，我摇得全身是汗，连摇了四五次，都没有中一条鱼。累了，我就歇一歇，休息好了再战斗。同行们看我这么累，出这么多汗，也没看见中一条鱼，好心劝我："我们这可能不是钓点，中鱼的可能性很少，更何况你这钓法完全似大海捞针，还是好好休息吧。"

我笑了笑："我觉得能钓得到。"说完，又把饵抛了出去。在连抛了 3 次后，哈哈，我真的中了，中的是一条八斤重的海狼。紧接着，我又中了一条稍大的炮弹鱼，再紧接着，我又中了一条小狗牙金枪。当晚，全船就我一人连中 3 条。后面的整个航程，我只要相信自己能钓到，我就真能钓得到，哪怕不是大鱼，也都有一些小鱼。

这第二趟出海，我钓大鱼的想法不是很坚定。因为，有人已经帮我准备了大鱼。我心里想着：能钓得到就钓，钓不到就顺其自然。

果然，出海十几天，抛了十来次竿，也没见着大鱼，便早早地收了竿。以无聊打发时间的心态随意性地抛竿，一条都没中过。而别的渔船，每晚都能收获十几条狗牙金枪。

所以，只要你相信，而且很坚定，冥冥之中似乎就真有收获。

你相信了，你就会努力，运气总会有。

你若不信，你就不会去努力，好运又岂会亲近和伴随呢？

你相信希望，希望就会孕育而生

一艘油轮在大海上航行。一个 12 岁的黑人小孩子在整理被风吹乱的篷布时，突然被一阵飓风掀起，掉进了大海。

孩子恐惧极了，奋力地在巨浪中呼喊，可谁也听不见，只能眼睁睁地看着轮船一点一点消失在视野中。

出于求生本能，小孩极力保存体力，漂浮在海面上，并向油轮航行消失的方向慢慢游去。

就这样游了两个来小时，就在孩子筋疲力尽的时候，油轮竟掉头回来了。孩子拼命地向油轮游去，边游边喊。终于，他得救了。

在缓了好长时间恢复知觉后，船员们问他，是怎么在海上坚持两小时的？孩子哭着说："我干活前，船长还笑着给了我两块面包，还让我一定小心，干不动就歇一会儿。我想，船长知道我掉进海里后，一定会来救我的……"

这个黑人小孩，就是已故南非著名黑人领袖曼德拉。他在一次演讲中对大家说："人一定要学会相信。生命中，你要努力去相信一个人，或者是一个真理，或是其他什么，关键时候可以给予你力量。"他还说，只要你努力做到被别人信任，在别人绝望时想起你并相信你，你一定能拯救他人。

是啊，因为他相信船长会来营救，他努力求生；船长相信小孩会努力地活着，才会命令船只返航。

相互信任，希望就能孕育而生，就会为对方用心用情地努力付出，这样往往能产生不可思议的人间奇迹。

你相信未来，努力前行的你就会有好的未来

有人说：相信自己拥有无限的潜力，只要你有一刻渴望成长，它就会支撑你开花结果。

好友老张，是一个学习型人才，领悟力强，人也比较刻苦，学什么像什么，也能收获什么。大学四年后，他相信自己能考上研究生，稍加努力，他就真的考上了，成了我们这群好友中学历最高的。

老张是工人家庭出身，父母对他的期望很高，对他将来的另一半期望也很高，希望他能找一个有学识有涵养的另一半。

老张笑呵呵地对父母讲："那我就找个博士生老婆怎么样？"父母莞尔一笑，

那当然好了，学识型、书香型家庭，多好！

当初纯属玩笑，可玩笑归玩笑，老张心里却有了这一念想，要找一个高学历的老婆，至少也是和自己学历相当的，真正组建一个学识型、书香型家庭。

想法一旦坚定，就升腾成了一种信念，慢慢地就在心里生根发芽成长起来了。而且，越想越觉得有希望、有信心。

缘分往往就那么神奇，老张在婚恋网上一登记，只锁定高学历对象。还真巧，就有一个女博士出现在了他眼前。聊着聊着，两人就聊出了感情，聊出了未来。

现在，俩人相亲相爱，相互扶持，已经有了一个小孩。双方父母呢，都是知书达理型的家人，也都非常尊重对方家庭，都默默地支持和扶持着这对小夫妻。

老张说："相信，这东西真的很神奇。只要敢想，只要坚信，往往就能实现。"老张还说，因为信，所以才会更加努力朝这个目标去奋斗，"目标＋相信＋努力＝成功"。

我说，我觉得也是。

只要相信，只要有目标，只要努力，平凡人也能创造出非凡的成绩和幸福的生活！

叠被子，叠出你的美好

你起床后第一件事是干什么？

穿衣、洗漱、吃早餐，然后该上学上学、该上班上班。

是不是还忘了一件事——叠被子？

如果是，那么从今天开始，起床第一事：叠被子。

入营第一事：叠被子

进军营的第一天干的第一件事是什么？叠被子。

被子要叠得方方正正、整整齐齐、有棱有角、线条分明，摆在床头就像是件赏心悦目的工艺品。

在部队，叠被子是件很重要的事。叠得好的有表扬，叠得不好得重来，一遍不行两遍，两遍不行三遍，三遍不行四遍……，直到看得过去。

如果当了一个月兵还叠不好被子，那就得看班长的心情。如果连队检查内务卫生，你的被子拉了后腿，不仅是班长要把你的被子扔下床，就连排长、连长都会狠狠地批评你："被子都叠不好，当什么兵？"

但，我始终有一个问题在脑海中徘徊："部队是打仗的，叠被子干什么，难道被子叠好了就能打胜仗？"

我曾问过一回新兵班长，班长扔过一句生硬的话："被子都叠不好，当什么兵！"虽然不是我很想要的答案，但想想确实是这么回事。

被子都叠不好，还能干其他大事？正所谓，一屋不扫何以扫天下？一被不叠，何以叠天下？

但话说回来，要真真正正地叠好被子，还真不是那么简单，必须一开始就坚持高标准，下实功夫，多用点心。

最重要的是，依我个人多年观察，被子叠得好，从各方面来说，这个兵当得也不错。被子叠得好，自身形象也很注重，穿衣、戴帽都很有范，精气神也很足。关键是，被子叠得好的，训练成绩也不错。

所以，我总结：叠被子是对士兵高标准严要求的开始，是培养士兵讲卫生爱生活的依托，是督促士兵养成严谨细致好作风好习惯的抓手，是部队建设发展的需求。

再后来，当我的兵问我这个问题时，我就是这么回答他的。我知道我的回答不完美，但至少有点效果，至少问我这个问题的兵，对叠被子的态度端正了，被子叠得慢慢有型了。

"叠被子，是你改变世界的起点"

美国海军上将威廉·麦克雷文说："叠被子，是你改变世界的起点。"

2014 年，美国海军上将威廉·麦克雷文在得克萨斯大学的毕业典礼上，发表了一段演讲："如果每天早晨起床后你都整理好床铺，你就完成了一天当中的第一项任务，这会给你带来一种小小的自豪感，并鼓励你去做好下一项任务。如果某一天的任务令你苦不堪言，至少回到家中，还能躺在自己整理好的床铺上，这张整理好的床铺会给你带来很多鼓励，期待明天会更好。"

麦克雷文这段关于叠被子的演说视频在视频网站被观看了 600 多万次。之后，还被整理成了一本书《叠被子：海军上将的人生攻坚训练》。在书中，他又把叠被子的意义拔高了一层："人们一直在寻找某些东西能够聊以自慰，能够激励自己开始新的一天，能够在这个时常丑陋的世界里感受到一丝一缕的自豪感。有时候像整理床铺这些简单的运动也可以给人鼓舞，让你带着期盼去迎接新的一天，同时也给人带来满足感。"

麦克雷文曾在海豹突击队服役37年，他对官兵的要求：边角处要成90度直角，被子要叠得方方正正，床单要拉紧铺平，枕头要放在床头板下方正中的位置。教官检查时，会把一枚25美分的硬币抛到空中，让它落到床垫上，看它会不会弹起来，叠得好的话，硬币能弹跳几英寸高，足够教官把它抓到手中。弹不起来，教官会把士兵的床铺扯开，要求重新来过，甚至还会做出一些体能上的惩罚。被子叠得不好的士兵其正确的做法，应是不抱怨，不怪别人怪自己，埋头重新叠，直到叠好为止。

从叠好被子开始做出改变，难道不是一件很有意义、很值得坚持的美好的事？

请按下你美好心情的"启动键"

当经过自己的双手制成的一件"工艺品"，有模有样、有棱有角地摆在你的面前，你会不惊讶、不惊呆、不惊喜？

起床之后，迅速把被子叠得方方正正，把床单抹得平平齐齐，把床头睡衣等都归整到位，卧室看起来又整齐又美观，一天的心情不美吗？

有的家庭主妇，起床叠好被子后，还会边放音乐边把房子打扫一遍，再把自己美美地打扮一番。出门买菜回来，打开房门，看到自己用心清理出来的整齐、干净、温馨的房子，路上再有不快，是不是也很快烟消云散了？

美好的一天，从美好的早晨开始，美好的早晨从美好的心情开始。

人到中年，细细回想，几十年来最深刻的人生体会就是"一日之晨最关键"。只要一早心情是愉悦的，这一天似乎都会比较顺，工作顺、生活顺、事事皆顺，一天基本上是开心的。即使遇到些不开心、不顺心的事，也会很快随喜而消。

这一天的美好，是不是从叠被子开始的？

不管你是不是，我是！

一位作家说："好心情成就好工作，好工作成就好未来。"

每天都有美好的心情，每天都有美好的早晨，每天都在惊喜中，这日子是不是很愉悦，很有成就感呢？接下来的工作、生活是不是都在美好的一天中度过的呢？

所以，现在，请开始叠好你的被子，按下你美好心情的"开关"、改变世界的"启动键"……

你的板凳放好了吗

板凳，是生活的必需品。放板凳，是生活赋予你的规定动作。

拿了板凳好好坐，离开板凳好好放，这是一种良好的生活习惯。

你善待板凳，板凳也会善待你。

放板凳，是生活赋予你的规定动作

一退伍老兵打来电话，兴奋不已地告诉我，他成功应聘到了一家非常有实力、工资待遇很好的企业，为表达感谢，专程要来请我吃饭。

我纳闷了，自他退伍以来，我们根本就没联系过，怎谈帮过他，何谈感谢？

老兵却依旧兴奋地说道："难道你忘了？在我入伍的当天，你给我讲过的'板凳'故事。"

接到老兵的电话，我无法形容当时得知这个事的心情，心里反复在问自己，这个故事就真的活生生地再次发生了？就真的再次在我身边发生了？

"真的！我已经在单位上班了，刚领的工资！我自己都感觉在做梦！"老兵爽朗的笑声把我拉进了回忆。

当过兵的人都知道，进军营的第一件事，学叠被子。第二件事，学放板凳！

右手将板凳置于右胸前，当听到"放板凳"的口令时，顺手将板凳移至身后。

当听到"放"的口令时，弯腰将板凳顺手放在右脚后根。几十张板凳落地，只有一声清脆的"当"声，否则就要重新来过。当听到"好"的口令时，起身，坐下。

板凳于新兵连生活，可以说是如影随形。队列训练要带板凳，轻武器射击要带板凳，学习集会要带板凳，看电影要带板凳，日常生活要坐板凳。板凳就这样被赋予了"战友"之名，置于自己铁架床的床底下。

放好板凳，就成了新兵连生活中最重要的内容。训练集会，板凳要放好；日常生活，板凳要正正规规地放在床底下，要时刻与铁架床的外沿平齐。新兵连结束，老兵连还是如此。365天，天天都要把板凳放好。要不然，随时就会挨批："板凳都放不好，当什么兵？"

好习惯，可以改变一生的命运

习惯成自然。

好的兵，半年后就养成了好习惯：什么时候起身，什么时候把板凳放好，脑子里有一种把板凳放好的无形习惯。坐小板凳如此，坐大椅子也同样。什么时候离身，什么时候都会把椅子归正。

有的兵，只要习惯养成了，不管什么时候都会保持非常自律的好习惯。但有的兵，常常需要提醒，不时地还要受批评。有的兵，脱了军装后，部队生活中的这些条条框框慢慢就淡忘了，良好传统就弄丢了。

我就跟我的兵讲，别小看一个小小的"放板凳"动作，板凳放好了，有时也可以改变一生的命运。

话说就有这么一个老兵，退伍后到一家大公司应聘。当时参加应聘的人很多，最不缺的就是高学历的优秀社会青年，这个文凭、那个奖项，两三个有之，三四个有之，让这位老兵自惭形秽。

军人的气质和谈吐摆在人群中就是无形的资本。更何况，这个老兵在面试后，自然而然地、毫不做作地、非常顺手地将椅子好好摆到了应聘桌前。就这么一个小小的放椅子的动作，令公司老总眼前一亮："公司的管理层，就缺一位这样训练有素、气宇不凡的退伍兵！"

这个故事，是我的新兵班长讲给我听的。我现在又把它传到我带的兵耳朵中。印象中，新兵们的板凳什么时候都放得好好的。

此文开篇的兵，就是我当排长时所带的二班长。

改命转运，请从"细"入手

南宋高宗赵构无生育能力，不得已，在赵匡胤的子孙中选太子。

选来选去，最后剩下一胖一瘦两个孩子。

两小孩同时被叫上朝。赵构喜欢胖小子伯玖，心中有了初念，便赏伯琮三百两银子，伯琮搬不动，叫旁人来帮忙，赵构看的是眉开眼笑。

这时，一只猫跑到了伯玖脚边。伯玖不喜欢猫，一脚踢了过去。猫被踢走了，也踢走了赵构心中的初念：对猫这样的小动物都没有爱心，对老百姓那不更狠毒？

于是，伯琮被立为太子。历史证明，伯琮是一位有作为的好皇帝。

这就是有名的"一脚踢掉了皇位"的故事。

在法国历史上，也有一个吹口哨吹来 50 年牢狱之灾的故事。

当年，法国国王路易十六的王妃到巴黎剧院看演出，观众席里的年轻公爵奥古斯汀自以为风流倜傥，向王妃吹了声口哨。

当年的法国，男的向女的吹口哨被视为一种严重的调戏行为。国王大怒，把奥古斯汀投进了监狱。

这一关，就关了 50 年。出狱后的奥古斯汀没多久就挂了。

我们常讲，天下大事必作于细；也常讲，细节决定成败。一踢踢掉了皇位，一哨吹来一生监禁，读来十分令人惋惜。悔不该，可又能回头吗？历史不会重写，命运不会改变。

好习惯，要一辈子坚守；坏毛病，即使微乎其微也得立即改。

像个"笨蛋"似的，不走捷径

村上春树是日本很有成就的作家。有一次，一记者采访他："都知道您的成就与自律有关，可以讲讲您安排日常生活的经验吗？"

村上春树不假思索地回答："我给自己制订的生活守则是，早起早睡，不说泄气活，不发牢骚，不找借口，每天跑 10 公里，每天坚持写 10 页，要像个笨蛋似的。"

不走捷径就是捷径

悉闻"捷径定律"：大家都在走的捷径，其实是最难的路。

想走捷径，其实大多"欲速则不达"。

一老同学在深圳开了一家电子厂，专制各类电子开关、电子手表、电子血压计等日常生活必需品。

风生水起时，特邀我去参观。

驱车一个多小时到了工厂，打个招呼，他就不见人了，应酬来了，招呼公司秘书陪我转转。

无聊中，我无意拿起他们工厂生产的一个电子插座开关，材料一看就不是很好，做工也不够精细。

"电子产品一定要非常注重质量，安全第一。"见到醉醺醺回来的他，我好心提醒。

"没事，产品不行，酒杯行！质量过不去，酒局来补。"老同学大言不惭，满嘴酒气。

我还想再说什么，他已经一言不发了。该劝的已劝，说多了，只会引起同学的反感。更何况，钱赚多了，财大气粗，根本听不进不同的意见，只能看他自己的造化了。

但我知道，他的事业走不远。

果然，一年之后，他来找我喝酒。几杯酒下肚，眼泪流了出来："早听你的，就不至于这样。"

一个月前，他所生产的电子产品因质量不过关，引发了一场大火灾，赔惨了。最关键的是，再也没人敢跟他合作了。

"你陪客户喝下去的那些酒，送出去的那些礼，都是因为你做产品的时候没有流过那些汗。想走捷径，捷径反而是个黑坑。"都说男人有泪不轻弹，可老同学哭得稀里哗啦。

古人云："天道忌巧"。做人做事，就该不走捷径不取巧。

捷径看似方便，看似快达，其实可能比弯路还"弯"，走到一半，还可能发现隐藏的陷阱。

不走捷径，便是捷径。

选"笨"还是选"巧"，很大程度决定你的未来

问大家一个问题："拉单杠时，你是笨笨地直直地硬拉上去，还是巧巧地通过摆浪借力拉上去？"

为何问这个问题？因为这是当前大家都比较关注的一个难度较大的体能训练内容，手臂没有一定的力量，单杠成绩很难得优秀。

同事老朱，在现职岗位已经六年。因有一定的体能底子，平时疏于也懒于训练，到了体能考试前，搞搞"临阵磨枪"基本没什么问题。但唯独单杠是个弱项——及格边缘。可他不屑一顾："考试时摆摆浪就行了！"

第七年，提拔机会来了。考试动起了真格，采取红外线进行监考。标准是，双臂拉上去，身子左右摆幅不能超过15度，否则不计数。

无奈，单杠考试成绩零分。提职，无望。

老朱万分懊悔："早知道这样，早下笨功夫练，就不会这样丢人了。"

一个很聪明的老兵，爱钻营，退伍后一心想创业。

当看到一个项目能赚钱时，就钻进去投钱，这个项目没赚到钱，就去搞别的项目，搞来搞去，几十万的退伍费折腾完了。

可他还是这山望着那山高，在一个公司干了不久，得知别的公司工资高时，他没折腾几个月就跳了槽，一年不到，先后换了三家公司。最终，自己把自己的名声搞臭，知道其底细的，都不再要他了。

前些年，听说黄牛党倒卖火车票赚钱，他便加入了黄牛党行列。不久，被抓了。

"当初选择的项目和公司，前景都还挺不错的，如果笨笨地坚持下去，说不定现在已经混得很好了，唉、唉、唉……"

几多后悔，几多无奈。

笨笨地坚持，最好的捷径

著名教育家胡适先生曾说："这个世界上聪明人太多，肯下笨功夫的人太少，所以成功者只是少数人。"

大部分人都认为，聪明人会比普通人更容易成功，殊不知，聪明只是一个人的天资，天资虽好虽优，但还得懂守拙，懂得笨坚持。否则，成也聪明败也聪明。

国学大师钱穆曾言："古往今来有大成就者，诀窍无他，都是肯下笨劲。"其侄——著名作家钱锺书先生也曾说："越是聪明人，越要懂得下笨功夫。"

著名作家严歌苓从一个英语小白考入美国知名大学接受写作训练，还能拿到全 A 成绩，她是怎么做到的?

严歌苓回答："聪明人，用的都是笨办法。"她每天坚持写作六到七小时，坚持了 30 年。写农村题材就跑去农村和老太太们同吃同住，写学校题材就跑去中学和学生们一起上课。

曾国藩也说："天下之至拙，能胜天下之至巧。"在与太平军打仗的日子里，他屡败屡战几乎没什么胜绩，但他常用"结硬寨、打呆仗"的笨办法，一步一步修墙挖壕往前推，像巨蟒缠人般带领湘军硬生生地把太平军给围剿了，使得岌岌可危的清王朝得以苟延残喘，改写了清王朝历史。

小聪明，走捷径，往往"欲速则不达"；大聪明，笨坚持，往往"柳暗花明又一村"。坚持有所执，才能有所成。

聪明人，懂下"笨功夫"，懂得"笨坚持"。

梦再小，也请追到底

梦想，即使毫不起眼，也不光鲜，但也请一追到底，一旦实现必会异彩纷呈，璀璨夺目。

只要有梦，我们就要敢于坚持

最近看了一篇文章，感触颇多。

凯尔·克林特出生于丹麦哥本哈根，是丹麦现代家具设计的开山鼻祖，被人们誉为"丹麦现代设计之父"。

18岁那年，克林特来到丹麦艺术家工作室辖属的约翰罗德分校学习。在那里，他认识了当时已经小有名气的瑞典建筑师埃里克·根纳·阿斯普伦德。

克林特长得不出众，学习不出众，性格也不出众，是那种内向木讷型的，以至于在阿斯普伦德的眼里，克林特的资质很一般，曾嘲笑般地建议他改行学其他手艺。

克林特没说什么，路是自己走的，内心的热爱才最关键。毕业后的克林特遵循内心的想法，选择了家具设计专业，并专心致志于椅子的研发。

多年后的一天，俩人相聚。阿斯普伦德故意用很好奇的口吻问克林特："你在忙些什么呢？"克林特说："我在做一把椅子。"

又过了多年，俩人再次相见。阿斯普伦德又问克林特："你在忙些什么呢？"克林特答："我还在做一把椅子。"

又过了多年，俩人又一次相见。这次，克林特是将自己设计的"红椅"送到巴塞罗那博览会上参评，阿斯普伦德当评委。这次参评，克林特设计的"红椅"被所有评委一致推崇和肯定，一举夺得金奖。

一辈子只做一把椅子的梦，虽不高远，也很普通，还遭人讥笑，但克林特遵循内心，坚持自我，一辈子坚守，一辈子努力，终于圆梦。

"皇天不负苦心人。"只要有梦，我们就要敢于坚持，哪怕梦很小，哪怕不值得一提，哪怕被人笑话，我们都要坚守初心，敢于一条道走到黑。

梦圆之后，自己都会感动和敬佩自己。

再小的梦，实现后也会绚丽多彩

我想到了好友老姚。正营转业那年，老姚在家的时间多了，爱上了做饭。

老姚出生于湖南，从小对家乡的血浆鸭情有独钟。每次在外聚餐，大多选择家乡风味的饭馆，也必点一盆血浆鸭。转业待安置那一年，闲时的他把钻研血浆鸭的烹制当成了一种乐趣。

我去看他，他说到家里做鸭给我尝尝；我再去看他，他还说到家里做鸭给我尝尝；我第三次去看他，他还说到家里做鸭给我尝尝。记忆中，我去了几次，他就为我做了几次血浆鸭。

前阵子，我们几家在一起聚会。一进包厢，就看到了桌上一盆大大的热气腾腾的血浆鸭。嫂夫人郑重其事地告诉我们，这是老姚做的第 109 份血浆鸭。说完，又从包里拿出了个本本。"你们看，这上面详细记录着为你们所有人做鸭子的情况。"

我们惊诧又开怀地接过本本，只见本子上单单为我，就登记了 8 份血浆鸭情况：3 月 18 日，鸭肉老了点，有点难嚼；4 月 30 日，辣子放多了点，咸淡正好……

我哈哈大笑："老姚，你这是要把做好鸭子当事业来做啊！"话音刚落，一桌人都笑了。

老姚笑呵呵地说，反正闲着没事，说不定真成了事业呢。

另一老友乐着又补了一刀："你做鸭，我投资。"

笑归笑，清醒过后，我还是很认真地对老姚说："去省直机关好好工作才是主业，这做鸭子不是正经行当，还是先放一放为好！"

老姚笑了笑。

3年过去，老姚已成了省委办公厅一处级干部。但是，业余时间做鸭子的爱好始终没放手。

最让我惊讶的是，今年初，嫂夫人一声不响地在闹市区开了一家湘菜馆，馆名就叫"又一家鸭店"，主打血浆鸭，宣传口号是：366只鸭子的前世今生。嫂夫人解释："这四年来，老姚共做了365只鸭子，传到我手里的是366只，我按照老姚教的方法，又做了365只后，决心替老姚把他的鸭子梦圆了……"

开业不久，我去捧场，发现店里人来人往，生意非常火爆。

一位作家说："相信心的力量吧，循着微光去追求那份积存已久的渴望。"

老姚的鸭子梦，在我眼里很小，也不怎么光鲜，但在他眼里，却很大，很美。坚守着初心，相信着初心，感动了老婆，最终同心协力圆了梦。

老姚的鸭子梦，在我眼里并不美，但实现后却异常绚丽，异常多彩，令我感动，让我敬佩。

有梦，就去追，哪怕再小，也请追到底

人生匆匆，每个人心中都曾有或现在拥有着一个美丽多彩的梦。为了梦想执着奔跑，执着奋斗，感动自己，也成就自己。

但有一些人，梦有了，却没能努力和坚持，有的遇到点困难就气馁，有的受到点打击就灰心，有的被人耻笑就放弃。到后来才发现容颜已老，青春已逝，一

事无成，懊悔不已。

你可知道，关心你的人会感到惋惜，耻笑你的人却更会笑你，唯有你为梦奔跑，为梦拼搏，不管结局如何，都让人感动。

有梦想，不管是大是小，风雨同行，苦累同担，坚持到底，即使不成，也不会留下懊悔。因为，我奋斗过，经历过，尽力了。

梦在心中，不管模糊还是清晰，让我们躁动，让我们热血沸腾，让我们有目的地奔跑和追寻，直到抵达梦的彼岸。

我们的梦，不管是不是年少时那种初生牛犊般的豪壮，青春岁月里不经意的热血冲动，为了刺激味蕾的一份平淡渴望，还是只为求得别人掌声的一种希望，不管有多不值一提，多普通平庸，多幼稚可笑，那也是一个美丽的梦，这个梦一旦付诸实践，就会变得神圣伟大，这个梦一旦成功实现，就会变得光芒四射、耀眼无比。

有梦，就去追，哪怕再小，也请追到底。

成功之士，都懂得主动讨苦

主动讨苦，不就是自讨苦吃？

天下哪有那么傻的人，脑子摔坏了吧！

但我要告诉你：这样的人，有！就是那种想优秀、想成功，也一直很优秀、很成功的人。

成功的人，谁不曾有过一段刻骨铭心的苦累

提到刘永好，大家应该会说，就是那个几次荣登中国富豪榜的养猪大王、地产大亨、金融大鳄吧。

是的，就是那个了不起的刘永好。

永好，永好，永远最好。刘永好的名字很好，就如他现在的身家和地位，但又有几人知道，他的好，是站立在苦累上积累起来的好。

20岁以前，刘永好因家贫经常打着赤脚，一件他心里认为最好的衣服，最终在父亲和三个哥哥身上轮流穿了十几年，从蓝色变成了黑色后，才得以改出来落到他头上。那时，他最大的期盼是吃上一顿红薯白米饭。他常问母亲："什么时候能吃上一次回锅肉？"母亲摇头叹息："不知道。"

当了教师，本一生可端铁饭碗安枕无忧了。刘永好却偏偏要吃另一种苦——

创业。

第一次创业，养鹌鹑。没钱没地，兄弟四人变卖了手表、自行车等家中值钱的物件，终凑起 1000 块钱。没有孵化箱，他们到货摊上收购废钢材自己来做。没厂房，他们几个手抱肩扛，愣是在寒冷的冬天把一车砖给搬到厂地。

鹌鹑孵出来了，刚有了收益，一场灭顶之灾骤然而至。一专业户下了 10 万只小鸡的订单。被高兴冲昏了头的刘氏兄弟马上借了一笔数额不少的钱，购买了 10 万只种蛋。结果，2 万只小鸡孵出来交给这个专业户之后不久，专业户便跑路了。

刘永好欲哭无泪，想过跳桥一了百了，也想过跑路隐姓埋名。但最终还是决定留下来，不逃、不躲，正视并解决问题。

既然农民不要，就把种蛋和小鸡卖给城里人。刘氏兄弟四人连夜动手编竹筐，每天凌晨四点起床，蹬 3 个小时的自行车，赶到 20 公里外的农贸市场，再用土喇叭扯起嗓子叫卖。连续十几天，晴天被汗水浸得像落汤鸡，雨天摔得如泥猴，身上掉了十几斤肉，幸运地把 8 万只鸡仔全卖光了！

搞养殖业，是从餐桌上入手，解决吃的问题；从事房地产行业，想让人们住进舒适的房子；投资金融，是想解决民营企业贷款难的问题……

一路走来的成功，刘永好说："如果我的成功能给人以启示的话，那么，我认为最大的两个字就是'吃苦'。"

成功与不成功，隔着一个苦"度"

不经一番寒彻骨，怎得梅花扑鼻香。

"微信之父"张小龙在开发出微信这个产品之前，曾一个人写了十几万字的代码，独立运营一个邮箱网站，过着一段窝在出租屋里的凄苦生活。

万达集团董事长王健林，15 岁当兵，每天背负 10 余公斤重的装备，在齐膝深的积雪中徒步 40 公里，每次拉练的总路程甚至长达上千公里。创业初期没资历、没实力，没人敢借的高利贷他敢借，人人都不想碰的旧城改造他敢接，曾 9 天 9

夜担惊受怕不敢睡，曾 3 年之间打了 222 场官司。

这些成功人士，哪个不是在主动地吃着生活的苦，哪个不曾有过一段没人帮忙、没人支持、没人嘘寒问暖的苦日子，但每天都还得自信地坚挺、坚挺、坚挺。

熬过去了，这就是你的成人礼；熬不过去，这就是你的无底洞。

他们挺住了，熬过去了，才高山仰止，雄鹰俯视。

而不成功呢，往往都虚于、怕于一个吃苦，缺了一个苦"度"。

前阵子，表姐打来电话，想让我给侄儿找份工作。侄儿大学毕业几年了，求职屡屡碰壁。没办法，现在在给一家快递公司送货呢。

表姐感叹说，小伙子读大一的时候还很有冲劲，参加了很多课外的活动，每堂课都到，上课也不玩手机，周末还会去图书馆。可到了大二的时候，受周围人的影响，慢慢开始颓废，熬夜打游戏，上课老迟到，还常跟一些同学在外胡吃海喝。

老师找他谈过，她也劝过，可小伙子依旧我行我素，按照自己心中"快意人生"的方式生活着。直到大学毕业才发现，这四年除了个学历证，其余什么都没。先后跟同学去了深圳、上海等地求过职，但都因为没特长、没经验，干了几个月就被辞退了。

年轻的时候，不吃拼搏的苦，现在的你，就得吃生活残酷的苦。以前想甜，想一辈子都甜，但如果没有厚实的家底，现实只会让你生活得很苦。即使你拥有厚实的家底，若没有经营的本事，迟早也会坐吃山空，最终现实生活会将你摔得很惨。

一个人有能力拥抱苦难，才有资格拥抱幸福。一个人怕吃苦，吃苦的程度越少，成功的概率也越低。

侄子现在很后悔："如果当初多吃点苦，多获得些荣誉，多获取点工作经验，就不至于现在……"

但我还想对他说，如果你当初在大一的时候，坚持初心，坚持吃苦，一旦吃苦的习惯养成，你就能取得很多成绩、荣誉，获得很多社会经验，不至于让现在的生活欺负了你，至少你会有更多更好的选择，至少我还可以帮你引荐引荐。

但，我现在也不便开口，也张不了口。

自讨苦吃，讨得人生甘饴如蜜

吃得苦中苦，方为人上人。

何为苦中之苦？深以为，那就是比他人吃的苦还要苦，比他人受的累还要累；那就是别人被动吃苦，你却主动吃苦。

曾听过吃苦三昧：得技能、开眼界、修身心。

吃简单的苦，能让你学得技能，安身立命。

吃中层的苦，则可以开阔眼界，提升格局。

吃艰苦的苦，便可修身心，享生活。

但不管吃哪个层级的苦，主动吃会比被动吃好，吃艰苦层会比吃简单层的好。苦尽甘来，才能赢得人生芬芳，才能比别人更突出，更优秀，更成功，更卓绝。

你定的是哪个层级的成功，就要敢于主动吃哪个层级的苦。唯成大事者，必先苦心志，劳筋骨，饿体肤。

前不久，同事晓霜在朋友圈晒出了自己的律师资格证书。

熟悉晓霜的人都知道，他先是利用业余时间苦读通过了"法考"，后是通过苦读加实习，取得律师执业证书。

"谁知道这些年我吃过的苦。"晓霜笑着说，"苦尽甘来，谁的成功都不是随随便便的，我苦过累过，现在甜笑如饴。"

晓霜毕业分配到单位不久，就让他有了压力。身边的同事大部分是研究生，个别不是高学历的都有这个荣誉那项奖章，只有自己是一个很普通的、没有任何带兵经验的、学历一般般的大学生干部而已。

晓霜深知，要想在一群人中脱颖而出，必须要定下新目标，付诸新努力。

基层官兵常遇一些涉法维权的问题，但苦于无人指点，而不知所措。参加"法考"，提升自己，为基层官兵服务。晓霜给自己定下了目标。

晓霜白天带兵训练，晚上备课示教，还要做战士思想工作，常常两眼一睁忙到天黑。在决定报名参加"法考"的日子里，他也不知道自己哪来的动力，每天在完成日常工作的基础上，坚持学习一个小时。那些天后，他有了黑眼圈，有了恍惚症，简单休息休息，又投入紧张的学习中。

"今日学，今日毕"，为早日实现拿证目标，晓霜在自己的学习桌上贴了一条大大的警示标语，约束和提醒自己的惰性。周末时间，大家在放松，在娱乐，在约女朋友逛街，他像个老黄牛般守在排房，沉浸于书本苦苦耕耘。

苦心人，天不负。晓霜两次考核，都是一举通关。在经历了几次实习和帮助几名战士依法维权后，晓霜被上级机关看中，一纸命令，将他从基层连队调到了军队法院。

相比之下，和他同年毕业分配过来的其他同学，还在基层摸爬滚打着。

一位哲人说："痛苦就像一把犁，它一面犁破了你的心，一面掘开了生命的新起源。"提升进阶的苦，也许很疲累，也许很煎熬，也许很难受，也许很痛苦，但苦过了，百味尽尝了，内心就丰满了，生命也就随之厚实了，宽度也就随之拓展了。

自找的苦，苦过了，就将是一番新天地。

优秀和成功人士皆如此。

大树底下好乘凉，大树底下无寸草

布莱希特说："不管我们踩什么样的高跷，没有自己的脚是不行的。"

双手在、双脚在、健康的体魄在，无论干什么，靠自己的好。

大树底下好乘凉吗

小贺和小肖是同乡加同班同学，又同年入伍，同时分配到同一部队。

不同的是家庭背景，小贺出身贫民，在苦日子中长大的孩子；小肖家境殷实，从小没吃过什么苦，着军装前，连袜子都不知道怎么洗。

"大树底下好乘凉"。两人新兵连一分配，差距就初见端倪。小贺被分配到了普通的步兵连队，整天就是跑、瞄、投，训练强度一天比一天大。小肖呢，被分配到了汽车连，当起了一名光荣、轻松的汽车兵，脚踩油门，手握圆盘，新兵连3个月手上起的"小茧"没多久就消失了，稍黑的皮肤又慢慢变白了，大手大脚高消费的现象又慢慢回归了。

小肖心安理得地享受着父母千万里外给予的宠爱，小贺却暗暗较劲、默默吃苦，立志要在部队出人头地。没多久，小贺先是进了教导大队，后是当了班长，再后来报名参加军队院校考试，竟然金榜题名。

两年后，小贺走进了军校；小肖在父母的强烈要求下，转了士官。四年后，小贺当上了排长，小肖脱了军装回到了老家；五年后，小贺成了一连之长；小肖在父母的万般宠爱下，拿了一笔钱投资酒行，刚开始有些起色，却因后来的膨胀、高消费、乱交往、大豪赌，一年后酒行倒闭，还欠账百万元，小肖被狐朋狗友追着四处逃债。父母一气之下，不管了；妻子一气之下，走了；他呢，好几年杳无音信。后来听说，小肖沦落到南下搞传销，后来，大家也就都没有什么联系了。

是啊，大树底下好乘凉。可这凉乘习惯了，干什么都太容易了，幸福来得太轻巧了，人生过得太舒适了，也就没有幸福感可言了。若是娇惯了，横惯了，胆大了，很容易走上人生的歧路。

你们觉得呢？

大树底下无寸草

法国画坛巨匠莫奈，从小因木炭画画得不错，得到著名画家布丹的赏识。从此，莫奈潜心跟着大师布丹习画。

布丹大作新作迭出，莫奈潜心细心描摹。天赋所在，莫奈所描摹之作，有时常比布丹的原作还完美。在布丹光环的照耀下，莫奈小有声誉。

可突然有一天，布丹决意要赶走莫奈。莫奈不解，我是你这么出色的徒弟，你怎会如此狠心？不是自己犯了严重错误，就是另有隐情？

布丹摇了摇头，把莫奈带到了一片森林，指着一棵参天大树对莫奈说："你说，这棵树大吗？"莫奈围着那棵树跑了几圈，然后望着那直插云霄的树干，说："大，这棵树真大！"

布丹接着说："那么，你再看看树的脚下，是不是光秃秃的一片，什么也没有？"

莫奈望了一眼树下的土地，确实什么也没有长，哪怕是一棵草也没有。

布丹接着指了指不远处开阔地带的一些树，对莫奈说："不在大树底下的树，一棵棵虽然长得并不大，但长势非常旺盛，数年后，是不是会长成参天大树呢？"

莫奈恍然大悟，从此离开了布丹，开始独闯画坛。

最终，莫奈创造了印象画派，并成了享誉全球的画坛大师。

依靠"大树"的荫庇，名气、名利似乎更容易获得，但若舒坦久了，陶醉多了，就难有斗志，也难以走出"大树"原有的成功模式，更难以形成自我特有的成长风格。

温室里长不出大树。走出舒适区，走进大自然，接受磨难、磨砺，任凭风雨交加，任凭电闪雷鸣，我自岿然不动，自能经风成材，历雨成长。

靠什么都不如靠自己

靠树树会倒，靠墙墙会塌，靠人人会走。

仔细想想，一路走来，谁能一直做你的肩膀？谁能始终做你的支撑？

几米曾说："我常常一个人，走很长的路，在起风的时候觉得自己像一片落叶。"

人，生来孤单，总会有那么一段岁月，或长或短，是没有依靠、没有陪伴、没有安慰的，心空荡荡的，人孤单单的，就像一片孤零零的树叶，无枝可依，无人可靠。

此时，谁人能给一时的安慰，已实属难得；谁人能伸出一次援手，已值得珍视。但大多数时候，是靠自己走出来，靠自己扛过来的，指望别人，永远没有靠自己来得硬气。

你忍不住想开一次请求帮忙的口，却忧心不安遭受拒绝；你鼓足勇气张了嘴，换来的是各种敷衍和搪塞。尝尽各种拒绝，方知人情冷暖、世态炎凉，唯有自强自立，才是真正的高贵。

吃人嘴软，拿人手短。唯有靠自己，心无负担，全身轻松。唯有靠自己，腰杆挺得直，说话有底气，走路都带风。

再看看那些甘愿躺在父母、亲人等"大树"荫庇下乐享其成的人，又有几人有大的成就，有几人有"我靠的是自己"的硬气。多少人是在温水煮青蛙中，慢慢失去斗志，失去磨砺自我的意愿、冲动和行动，晃荡一生、平庸一生；多少人又因为欲望的膨胀、幸福来得轻易而迷失自我，最终害人害己，害得"大树"倒。

靠人不如靠己，不管在哪，这都是永远颠扑不破的真理。

谁是你的贵人

你有贵人吗？你的贵人会是谁？在哪里？怎么靠？

一时答不上来吧，那就好好地听我说。

孝，是你最大的贵人

两年前，小周怀揣着家人的期望当了兵。

两年后，小周居然打起背包退伍回家了。

躺在病床上的母亲见到儿子，先是惊讶，后是欢喜，最后是一个劲地哭骂。骂这个不争气的，骂这个没本事的，骂这个没前途的，咋当两年兵就灰溜溜地回来了，为什么不在部队好好干，干出个人样来……骂着骂着，泪水模糊了双眼。

小周出生在一个偏远贫困的山区农村家庭，父母靠在城里打工养家糊口，一年到头赚的钱全花在了小周读书上，家中连个像样的电视机都没有。

高中一毕业，他坚毅决然地当了兵："我不想再看到父母这么辛苦了，我要在部队好好干，转士官，把钱全打回来给父母花。"

进了部队，小周像上了发条的机器人，一刻不放松地训练、工作和学习，很快成了训练尖兵、先进分子，每周的光荣榜上都有他，得到全连上下的一致认可和好评。

按小周的表现，转士官根本没问题。可偏偏造化弄人，就在小周晋职士官考核完的当天，他接到父亲不幸意外去世的噩耗。屋漏偏逢连夜雨，母亲因伤心欲绝哭晕倒地，把腰跌断了，一时瘫痪在床无人照顾。

小周哭了一整夜，最终做出了放弃在部队长干的决定，回乡照顾母亲。

久病床前无孝子。可小周一照顾就是 5 年，天天为母亲端屎端尿，定期给母亲泡热水澡、做理疗，做母亲想吃爱吃的饭菜，母亲 5 年没生过一次褥疮，气色红润得看不出是一个瘫痪 5 年的病人。经过小周 5 年的精心照顾，母亲竟然能慢慢下地走路了。

小周的孝行在当地一时被传为佳话。一企业家得知小周当过兵，还是个大孝子，主动给小周安排了份工作。3 年锻炼，小周从一名基层的普通员工成了公司主管。当地一经销商得知小周的事迹后，竟主动上门追求小周。

没房没车没钱，还有个瘫痪的母亲，谁会嫁给小周，除非脑子有病。小周想都不敢想，本想光棍一辈子，但人家富家千金就是一百个热情和主动："这样有责任心的大孝子，从哪儿找？"

百善孝为先。孝是人间最大的美德、最好的名片，更是人间最大的贵人。

你孝，谁人都敬，谁人都夸，不需要四处找贵人，贵人自会找上门。

能，是你关键的贵人

战士小李当兵的时候，其表哥已是一名团职领导。

下连后，小李有幸被分配到了表哥曾经带过的老部下手下。没多久，小李先是从连队战斗班排调到连部当起了文书；再没多久，又从基层连队的文书调到了营部，当起了营部文书。

"刚苦一会会儿，就调到了轻松岗位，还是上头有人好啊！"小李暗暗庆幸有个当领导的，而且职务也不低的好表哥。

按照营领导的教导，小李应该是低调、谦虚、谨慎，好好工作，好好表现的。

有一段时间，小李也是这么做的。小李有考军校的想法。对有志青年，上级领导往往都是高看一眼，多看一层的。于是，对小李平时的关心照顾又多了些。

也许是一路走得太顺太轻松，一路都有领导关心关照，也许是感到"上头有人"，没多久，小李的骄横气就慢慢升腾了，对营部工作不是兢兢业业、认认真真、积极主动地完成，而是能推就推，能躲就躲，躲出来的时间不是复习军考资料，而是迷恋于手机游戏。营领导见后多次批评他，小李嘴上答应好好改，事后还是我行我素，就连曾经规定的每天复习考军校资料一小时，也变成了三天打鱼，两天晒网。

团里下发一通知，要求该营各连在某某时间、某某地点集合，正是小李抄收的通知。收通知的时候，小李正在玩游戏，一不专注，就把集合时间17：00抄成了19：00。全团集会，就该营没一人参加。事后，小李挨了顿大批，在全营军人大会上做了检讨。

经此一事，小李有所收敛，但仍沉迷于手机游戏，由以前光明正大地玩，变成了偷偷在被窝里玩，至于父母亲戚叮嘱他要利用好时间和平台，加强复习军校考试知识的提醒，他嘴上总以"我会的"敷衍，而心里是"等团里把学员苗子集中起来也不急"，早已把复习抛之脑后。

团里组织考军校学员苗子摸底考试，小李全面挂科，分数垫底。他给表哥打电话求情："再给我个机会。"

表哥失望地说："给的机会太多了，我也没办法。"

你自身不行，再有关系，也是没关系。

何为贵人？就是那种看你有潜力、有潜质、有上进心，看好你、欣赏你、愿意帮助你的人。你好，你行，你有本事，你有进取心，谁都愿当你的贵人。而如果你既没本事，还没上进心，烂泥扶不上墙，谁会看好你，谁又会愿意培养你、提携你？即使关系再好，若不具备培养价值，那也会毅然决然地回绝你，还会慢慢地远离你。

不信？你细品。

善，是你重要的贵人

班长老欧做梦也没有想到，就在他绝望透顶之时，有人竟给他公司账户转了50万元。

这50万元，不仅能帮他付清公司所有员工被拖欠3个月的工资，还能帮公司进口一批原料，让公司起死回生。

老欧返乡创业，成立了一家包装纸厂。因疫情影响，全城"封闭"近半年，原材料进不来，产品发不出去，公司资金出现严重问题。

老欧向亲朋好友借了一大圈，没人愿意帮忙。房子卖了，车子也转手了，公司坚持了三个月。可眼下，疫情并未结束，产品积压，原料难进，生产断链，员工要发工资。

是他曾经带过的兵小王伸出的援助之手："曾经你掏出所有帮我，今天我用尽全力回报。"

10年前，小王是老欧带的新兵。当兵没多久，小王接到母亲病危的电话，原来母亲突遇车祸，被送到ICU抢救，急需6万元医药费。

是老欧倾尽所有，拿出了转士官后攒了两年的工资，整整3万元，交到了小王手中。要知道，这笔钱是老欧省吃俭用一分一分攒下来的，是用来装修婚房的钱。

老家人给老欧说了门亲。可当时的老欧，也是三间瓦房、家徒四壁，父母不仅没能力资助老欧，还需要老欧时常寄钱给俩老看病。

在老欧的家乡，10年前订婚时，按当地乡村风俗，男方要给女方送去66666元。但女方欣赏老欧，免去了所有聘礼，只提了个要求，把婚房简单装修一下。

老欧不仅把用来装修婚房的所有积蓄交给了小王，还发动全连捐款解了小王的急，将小王母亲从死亡线上抢救了回来。

小王哭着对老欧说："这一辈子我也不会忘记你的恩情。"

爱出者爱返，福来者福往。老欧的善心换来的不仅是一条生命，更是战友间一辈子的情谊，这条生命、这种情谊，是无法用金钱来衡量的。感恩的人，也终将会以百倍的能力来感恩。

你的爱，你的善，就是你最大的贵人，是你一生的福报。

但行好事，莫问前程。

不怕起点低，就怕自己把自己看低

有个新战士问我："我出身贫寒，父母是老实巴交的农民，家中没钱，更没任何关系，该怎么干？"

我回答："不怕起点低，就怕自己把自己看低。"

末了，我又补了一句："干就得了！"

起点低，就低人一等吗？

"玻璃大王"曹德旺，认识吧？一个把汽车玻璃做到世界第一的人。中国70%的汽车、全球25%的汽车，用的都是曹德旺公司生产的玻璃。

全球企业界有一个"奥斯卡奖"——安永全球企业家大奖，1986年在美国设立，一年评选一次，颁给表现最卓越的企业家。

2009年5月30日，曹德旺成为中国第一个获此殊荣的人。

曹德旺有什么平台吗？家中有高人引路吗？没有！他出身贫寒，穷到经常一天只吃一顿饭，9岁前，连名字都没有，学都没得上。

学没得上，但想学怎么办？曹德旺干了两件事，先是割了一年马草，攒了8毛钱，买了一本《新华字典》；后又割了两年马草，攒了3块钱，买了一部《辞海》。借助这两本工具书，他开始疯狂自学起来，"只要是印有字的纸，我都会拿起来学"。

小学都不曾读过，就不能出人头地了？曹德旺不服，水果卖过、木耳卖过、农场技术员干过，所经营之事一步一步都干出过名堂。

没文化、没家底就不能干大事？曹德旺不服，说服乡镇领导办起了玻璃厂，生产手表玻璃。乡镇企业经营不善，曹德旺敢接手，当年就开始盈利。中国汽车业的玻璃不行，"中国没有人做，我就来做！我要为中国做一片自己的汽车玻璃"。曹德旺四处考察取经，半年后，汽车玻璃就投产了。

中国的汽车玻璃只能在中国市场出售吗？曹德旺不服。美国商务部起诉曹德旺公司倾销玻璃。曹德旺不服，就跟美国商务部打起了官司。

在此之前，凡被美国起诉倾销的中国企业，没有一家胜诉，以至于后来的很多中国企业，只要美国提出上诉，就会乖乖放弃美国市场。

曹德旺不信邪，花费上亿元，聘请最好的律师，与美国商务部整整打了三年官司，最后胜诉，从此打开了美国市场。

做汽车玻璃三十多年来，曹德旺遭遇了很多次挫折，但他总能挺过来。为什么，因为他有一份壮志雄心："我要为中国做一片自己的汽车玻璃。"

起点低怎么了？起点低就低人一等了？起点低就没前途了？起点低就不能干大事了？起点低就不能成功了？

只要你想，只要你敢，一切皆有可能。

人生拼的不是起点，拼的是努力和耐力

寒门出贵子。

朱元璋，一乞丐，却当了明朝开国皇帝。

刘邦，一街亭亭长，也就相当于一个村的保安队队长，却当了汉朝开国皇帝。

可今天，却又有很多人说，寒门难出贵子。

是啊，教育资源的分化，财力和人力的不对等，孩子们受教育的层次都有不

同程度的变化。

有些人衔着金钥匙出生，即便不去努力，家里的资源也足够他安稳度过余生。可有些人，光是想活成普通人，就已经用尽全部力气。

很现实。那就索性"破罐子破摔"，得过且过，庸碌度日？

错！大错特错！

出生的起点低，不是我们的错。错就错在我们错误地认为反正就是这结局，无所谓了。

美国作家芭芭拉·艾伦瑞克在《我在底层的生活》中写过，她曾"卧底"底层，跟穷人一起生活，一起工作。

她想搞清楚一件事，美国穷人到底能不能通过拼命工作，摆脱当前阶级困境？后来，她回答自己：几乎不可能。

为什么？是社会不给机会吗？不是。是富人抢走了穷人的资源吗？也不全是。是穷人自己的认知能力，把他牢牢地限定在那个社会层次上。

但是，当你跳出金钱的匮乏，就会发现，随着社会的发展，思维模式与精神境界，在社会分层中所占的比重越来越高。

因此，你要明白，只要你敢于冲破格局、见识、认知，敢于不竭努力，一切皆有可能。

你要记住，没伞的孩子更要奋力奔跑，越是起点低的人，越没有资格堕落。

还记得"史上最强逆袭"的新闻报道不？

主人公药恩情，出身贫农、中专毕业，被分配到太原机械学院（现中北大学）当保安。

后来，他坐不住了，"我要成为大学教师"的念头一发不可收拾。再后来，他自考大专、本科，又自考研究生，他说："我下定决心一定要考上，一年不行就两年，两年不行就三年。"

终于，15年艰辛求学路，由校园保安逆袭成为大学法学专业的人民教师；12年潜心教学，逆袭成为大学法学院副教授。

执教12年，他累计上课2000多节，撰写论文无数，并编著了3本法学图书。

2018 年，年近 50 岁的他，已经成为中北大学人文社会科学学院法学专业学科带头人。

成功，从来不是起点高的人的代名词。成功，永远属于那种既不低看自己，也不高看自己，敢于日积月累地坚持、日复一日地求索的赶考人。

越是起点低，越要彪悍地活出自我

在火遍全国的动画电影《哪吒之魔童降世》中，哪吒反复喊道："我命由我不由天！"彪悍且倔强地向命运叫板，与人斗、与魔斗、与神斗、与天斗，斗出全新的重生，让人动容且震撼。

出身不好咋了？出身不好就自我消极、自甘堕落、自暴自弃了？弱者，才如此。强者，我偏不，"我命由我不由天"！

这是一种骨气，是一种胆气，更是一种霸气。人定胜天，你不搏，你不斗，你不进取，怎会知道自己的命运到底如何？谁也不是能未卜先知的神仙？

不服输，我就不会输。

还记得那个在《中国诗词大会》击败北大才子彭敏的外卖小哥雷海为吗？

一个出身农村，只有中专学历的外卖小哥，凭借一肚子诗书才情，一举夺得中国诗词大会总冠军，成为全国数亿人的"偶像"，赢得数亿观众的点赞。

是雷海为的运气好吗？你可知，他等餐的时候在背诗，送餐路上在默诵，连等红灯的时候还在记诗。每天、每时、每刻，只要有时间，只要能挤出时间，他的脑子在背诗，眼睛在阅诗，心在会诗。

还记得华为集团发起的"天才少年"项目吗？华为总裁任正非提出，从全世界招二十到三十名"天才少年"，用顶级薪酬吸引顶尖人才，工资最高的达到年薪 201 万。

华中科技大学博士毕业生张霁是入选华为"天才少年"项目的最高档年薪的一员。可张霁当年高考的分数线连三本都上不了，是通过一年的复读，才考上了武昌理工学院，而武昌理工学院，当时还只是个三本学校。

起点很低了吧？但张霁偏偏不信命，通过一路苦读，他最终如愿实现了崭新的人生。

消息传出，网友们纷纷表示"酸"了。张霁这一年的收入，多数人可是需要大半辈子才能企及啊，有的人甚至一辈子都达不到这个目标。

是啊，你不敢想，但张霁敢想，不仅敢想还敢搏。

怕什么，起点本来就低，再低还能低哪去！

搏起来，就没错！

当好一朵"蘑菇"

蘑菇定律：长在阴暗角落里的蘑菇因为得不到阳光又没有肥料，常面临着自生自灭的状况，只有长到足够高、足够壮的时候，才被人们关注，可事实上，此时它们已经能够独自接受阳光雨露了。

在阴暗潮湿的地方默默成长

有段时间，我在一些场合常讲："当好一朵'蘑菇'。"

为何突然讲要当好一朵蘑菇？

蘑菇一般长在阴暗潮湿的地方，不受人注目，如果没有肥料和雨露供给，往往是自生自灭，可一旦凭自身努力长大了，就会令注目者满心欢喜和怜爱。

在职场中，一些领导也喜欢采用这一招，就是把某人晾在一边，不管不问，让其经风历雨自然生长，如果经受住了这段时间，有过这样经历的人往往能得到更大锻炼，取得更大的成就，如果经受不住那就直接淘汰。

单位新调进来一位同事，职务、资历和我相当，且还分在了一个办公室。

能突然而然调入新单位，这种人往往不简单，从常识上讲，不是有能力就是有背景。一到单位，他就锋芒毕露，处处表现、时时逞强。领导大会小会都对其进行表扬，战友们都说："你这次遇到了个强劲对手！"

新来的和尚会念经。领导不仅给他机会，还给他撑台，这其中滋味只可意会，不可言传。在这个时候，我选择了当好一朵"蘑菇"，让自己退得远远的，不争不抢不主动表现，干好本职工作。

在这段时间里，我静下心来不断沉淀自己、修炼自己、进阶自己，不仅把心态调整好了，心胸打开了，还静下心来真正地学了点东西，收获了以前没有过的轻松和快乐，领导也从我平静和扬着笑容的脸上感受到了什么，从侧面对我给予了肯定。

现在回想起来，某个时段，某些场合，当一朵"蘑菇"也挺好。至少静下来，看清了自己，也看清了形势，好好上了一堂人生大课。

谁不曾经历过一段或几段"蘑菇定律"

人的一生不可能一帆风顺，很多人都得经历一段或几段"蘑菇定律"。

如果是自暴自弃、一蹶不振，那注定成不了大材；可如果能做到自我加压、自我修炼、自我沉淀，努力向上生长，可能就会长成一朵人见人爱的大"蘑菇"。

十几年前，我见过一个有志大学生新兵，有学识、有见解、有能力、有爱心，总之非常优秀，更值得称道的是，他从大一开始，就凭自己的奖学金资助了上百位贵州、四川等地深山中的贫困学子，在大学和部队都引起了反响。

新兵连三个月后，他就被分到了红军连队，且被连主官挑选到了文书岗位，当起了连领导的"身边人"。因其爱心助学的先进事迹先后被我在各大媒体广泛宣传，小伙子可能有些飘飘然了。再加上当时的连主官只是大专学历，他是优秀本科生，很可能有些自视清高，对待连主官交代的工作不太尽心，有时也表现出了不屑一顾。于是，出于工作考虑和对其成长进步的负责，连领导便把他下放到了作战班排，让他在苦累中磨砺心智。

从连队文书变成了普通战士，大学生新兵一开始有些接受不了，但没办法，组织的决定只能接受。在沉潜一段时间后，他很快调整了心态，主动吃苦，勤奋训练，磨砺身心。艰苦磨砺培养了他吃苦耐劳、迎难而上、坚韧不拔的气质和意志。在退伍后，他凭借自己的胆识、眼光和意志，很快就脱颖而出，如今才三十五六，就已经身家千万。

回想起那段岁月，他无比感慨地对我说："该当'蘑菇'时就要当好一朵'蘑菇'。"

沉住气，成大器

《三国演义》中曹操与刘备有一段很精彩的青梅煮酒对话。曹操说："龙能大能小，能升能隐；大则兴云吐雾，小则隐介藏形；升则飞腾于宇宙之间，隐则潜伏于波涛之内。方今春深，龙乘时变化，犹人得志而纵横四海。龙之为物，可比世之英雄……"

龙能隐能藏，大丈夫也应能进能退，能伸能屈，能忍能藏。

人不可能一辈子交好运，也没有人会一辈子走好运，每个人都不可能随随便便就收获成功，失败、打击、痛苦都是成功前要经历和承受的。

在面对黑暗的时候，该沉潜下来当好一朵"蘑菇"。

当"蘑菇"，就得忍受不被人关注的痛苦、一个人孤独成长的寂寞、一个人默默奋斗的倔强。更多的时候，还要放得下架子、扑得下身子，沉在一线，默默耕耘、苦苦支撑，让自己变得更强大，让别人对你更刮目相看。

再难，我们也不放弃；再苦，我们也不气馁；再艰，我们也不服输。

只要斗志在，我们就不会输；只要不认输，我们就不会输。

沉住气，才能成大器。

成功者都自信心爆棚吗

成功人士，实力派人士，哪个不是自信洋溢在脸上？成功了，似乎自信心爆棚了？不成功，或者还处在追求成功的路上，就没有自信心？

自信心，时常起起落落

前一秒还是自信满满，觉得这事轻而易举，后一秒就感觉似乎并不简单。

大起大落过山车般的自信心，是否曾在你的生命中起起伏伏？

你拿着一份演讲稿胸有成竹地站在讲台上，可刚讲几句就有点结巴了；一场普通的考试，平时完全没问题，可到考核前几分钟，还在不时往厕所跑；一场面试，本来准备充分，却仍不停地照镜子、整着装，反复揣摩会出哪些题，担心其他面试者比自己优秀……

自信心脆弱，似乎是很多人的通病。

一份自认为比较满意的汇报材料送到领导面前，领导稍稍看后，说还行，先放这吧。你满心欢喜，自信心似乎更足了。

可就在汇报前几小时，领导拿着材料指出了一、二、三需改正的地方。无独有偶，会场布置又出了岔子，看起来不是很大的问题，但既要改材料，又要布置会场，分身乏术，最后两边都没做好。

挨了批之后，心情十分不爽。

下班回到家，儿子的考试成绩出来了，不理想。

你是不是特感失败？工作的失意、育儿的失望，让你的心情一下子跌入谷底。

我们的自信心在现实面前总是如此不堪一击，任何一点挫折都可能让我们陷入失望、自卑的旋涡中。

我们开始频繁地怀疑自己，怀疑自己的能力，怀疑自己的命运，怀疑自己的信心，突然间觉得自己就是个卑微到尘埃里的小人物，突然间觉得自己干啥啥不行。

可我们又十分矛盾，我们也没有那么差呀，优秀之处也可以找到一箩筐。那为什么我们依然那么容易失去自信，崩溃的情绪总是召之即来，挥之不去？

自信心，并不是天生的

美国著名演说家、畅销书作家理查德，是一位成功人士。

大家认为，他一上台演讲，就是自信满满，昂首挺胸、气定神游，口若悬河、字字珠玑，观众掌声不绝。

可鲜为人知的是，就是这样一位知名的演说家，也曾是一位极不自信的人。

一位理查德忠实的读者和听众，在一次演说的空隙，对理查德进行了短暂的采访，采访的主题就是自信心。理查德沉默之后，很坦率地对这位听众说："我确实曾经对自己没有信心，而且不止一次。"

理查德回忆他的第一次登台演讲，演讲前夜，几乎一夜未眠，就是因为紧张，怕自己讲不好。第二天，因为"怕"而不知所云，没有讲完就从讲台上逃走了。还好，第一次演讲的范围很小，影响不大。

第二次登台呢，是一次公开演讲大赛，听者众多。可他依旧对自己没有信心，虽然没有中途退场，但讲得很一般，结果什么奖项都没得到。

第三次登台呢，是一个非常大的舞台了，依然对自己没有多大的信心，但感觉比前两次的表现要好得多。

随后,就有了第四次、第五次、第六次……自信心随着登台次数的增多而增大。

理查德游历全球130多个国家,写了8本畅销书,上台进行了上千次演讲,帮助很多人成就了梦想。就自信心而言,他说道:"为此,我总结出一个道理,那就是'信心'不是天生的,而是人们在实际生活中,不断培养出来的。"

内心强大,才会自信

如何培养自信心呢?当自己不够自信时,要怎么办?如何克服不自信,一步一步把自己变成有自信的人呢?

内心强大,才会自信无敌。

在自己还不够自信前,一定要从内心不断暗示自己,"我行,我一定行""我能,我一定能""我能成功,我一定能成功",相信自己未来可期,相信自己与众不同。

"人生是一个积累的过程,你总会摔倒,即使跌倒了也要懂得抓一把沙子在手里。"一位成功人士告诫大家,要敢于一次又一次地挑战自我。不气馁,不放弃,失败一次再来一次,不断地挑战自我,不断地积累经验,不断地坚毅前行,做到一次比一次好,一次比一次强,自信心就会随之剧增。

要怀揣乐观。一位著名学者这么说:"困难是我们的恩人,有了困难,才能拦住与淘汰一切不如我们的竞争者,而使我们取得胜利。"困难和挑战,是来磨砺、提升和成全我们的,没有它们就没有机遇,没有它们就没有展示和提升自我的契机,感谢它们的存在,感谢它们的到来,让我们一步一步走向胜利,一步一步走向辉煌,一步一步让自己变得更强大,最终成为真正的力士、勇士、猛士。

要敢于直面失败,"燧石受到的敲打越厉害,发出的光就越灿烂"。不管是遇到何种挫败,都不能心灰意冷、垂头丧气、裹足不前,甚至悲观绝望。不被困难险阻吓倒,不被失败打击吓倒,积极乐观地面对,勇往直前地克服,相信阳光就在风雨后，柳暗花明又一村。

"相信别人不如相信自己，相信自己不如战胜自己。"所以，请相信自己，我行，我行，我肯定行！

学会凡事留有余地

一位哲学家说："上梯子时，别忘了保持下面梯子的干净。这样，你下梯时才不会摔倒。"

凡事留有余地，是对自己最大的仁慈。

话不能说狠，该沉默就沉默

俗话说："出言有尺，戏谑有度。"

意思是说话要有分寸，既不能说太满，更不能说太狠。说太满，就是骄傲，就是逞强，特容易遭人反感；说太狠，就是尖刀，就是利器，让人听得心在流血。

说太满，就把自己逼到了"梁山"；说太狠，就把对方伤到了极致。

一位作家出了一本书，在文宣会上说争取卖上个百万册。另一个作家听后，无比蔑视："你能卖百万册，我把你的鞋子吃了。"

没想到的是，该书真就卖出了百万册。

另一个作家相当懊悔把话说满了，但食言非君子，忍住极大的悔意向对方道歉，并把对方的鞋子吃了。

当然，对方还是给他的尊严留了余地。此鞋非真鞋，而是对方用蛋糕做的鞋子。

话说太狠，就把自己置于"死胡同"，进退不是。若当时只是沉默，微微一笑，岂会有此般难堪？

一单位，两同事本来关系挺好，最终因利益上的冲突引发了一些矛盾。一方气急败坏之下，骂了对方十分难听的话，还不断地揭对方的短，发誓："从此与你这种肮脏的人不相往来。"

在一个单位工作，抬头不见低头见，被这一侮辱性责骂骂到了"绝境"，两人就更不好意思了。更没想到的是，被骂的一方不久就提升了，还当了骂人一方的领导。

最终，骂人的一方不得不辞了职。

有些话，不用多说。懂你的人，不用你去解释，不懂你的人，何必向他解释？

有些话不能说狠，一说狠就伤了感情，断了情分。若是再见，都会非常不好意思。即使有气，有怨，批评也好，指责也好，也应留点情面。给别人留情面，就是给自己留情面。

祸从口出。有些话，不能说的还真不能说，一说就是给自己找罪找事，胡添多少烦心事。一些话说差了，传偏了，还会误生更多更大的祸根。

正如著名作家海明威所教诲的："我们花了两年学会说话，却花了六十年来闭嘴。"

该闭嘴时就闭嘴，该沉默时就沉默，这就是留给别人最大的余地，也是留给自己最大的情面。

事不能做绝，该松就得松

《孙子兵法》云："围师遗阙"。意思是包围敌人军队的时候，不要逼得太紧，一定要留个缺口，给敌人留一条生路。否则，对方的士兵一看跑不了啦，反而会殊死搏斗。

春秋战国时期，燕将乐毅出兵攻打齐国，节节胜利，齐国只剩即墨城没有被攻陷。

失之最后一地，就是亡国。垂死边缘，齐国名将田单振臂一呼，国将不国，安能有家？士兵们顿时热血沸腾，以死相拼，最终一战反胜，收复了全部失地。

听过《留有余地的狼》的故事吗？

一条狼在山脚下发现了个山洞，不少动物都会由此通过。狼通过观察，发现只要把洞堵起来，就能轻而易举捕杀所有通过此地的小动物。于是，狼行动了起来。

堵了这个洞，刚好来了一只羊，羊一溜烟，从另一个小洞逃走了。堵了羊逃走的那个小洞后，正好又来了一只兔子，兔子一个撒腿就钻进了另一个小洞逃走了。

狼从实践中得出了结论，认认真真地把所有的洞都给堵严实了，严实到一只苍蝇都飞不出去。就在狼得意于自己的杰作时，一只饥饿的猛虎扑了过来。狼没洞可钻，成了老虎的腹中餐。

正所谓"凡事留一线，日后好相见"。事不能做太绝，太绝就是置自己于险境。

《菜根谭》有云："滋味浓时，减三分让人食；路径窄处，留一步与人行。"该减的减，该留的留，切不可凡乐享尽，凡事做绝。事情都是发展变化着的，有很多意外都不可能预料，如果不为他人着想，一事做绝，看似绝别人，实则是绝自己。

物极必反，否极泰来。堵了别人生的退路，也是堵了自己生的退路；不给他人留余地，也是不给自己留余地。

利不能独享，该让就得让

香港富豪李嘉诚说："有钱大家赚，利润大家分享，这样才有人愿意合作。假如拿10%的股份是公正的，拿11%也可以，但是如果只拿9%的股份，就会财源滚滚来。"

李嘉诚教导两个儿子，在和别人做生意时，如果能拿到七分的利润，甚至能拿到八分的利润，那么就拿六分好了，因为只有这样，才会为自己赢得好声誉，吸引更多的人来合作。

李嘉诚早年做生意时，一家贸易公司向他订购一批塑料产品。

可就在这批货准备付运时，这家公司突然宣布取消合同，并承诺给李嘉诚一些补偿。

根据合同规定，无故取消合同，需要补偿一定的违约金。但李嘉诚没这么做，他认为此事并没有给他造成太大损失，更何况该公司的行为也是迫不得已，得饶人处且饶人吧。

几年后，李嘉诚开始转型做塑料花生意。一美国商人竟主动找上门，说要和李嘉诚进行合作。这个美国人，就是当初那家贸易公司的负责人介绍来的。

理解人之难，赢得他人心。李嘉诚富有爱心的举动，让该公司负责人真切感受到了他的诚意、诚信和厚道。有诚信、讲感情的人，怎不值得信赖和交往呢？成全别人也就是成全自己。

华为的业务进入了欧洲市场。一记者采访任正非："我看到欧洲市场已拥抱了华为，华为也拥抱了欧洲，对此您怎么看？"

任正非答道："我们在欧洲的份额也不能太高，我们也要给竞争对手留有生存的余地。所以有时别人说我们定价高，我们定价不得不高，我们如果定价低就把别人都整死了。把别人整死不是我们的目的，这样其实自己也活不了多久。"

成功的商人，懂得让别人赚，自己才能赚得更多；懂得让别人享，自己才有更好的享。让大家都有钱赚，都有财发，才能集聚更多的人脉和人气，赢得更多的合作和更好的口碑，从而取得更大的收益。

给别人让利一分，就是给自己赢利十分。合作共赢，这是王道。

向"低"为王

地势越低，蓄水越多，越能成池，成潭，成库，成湖，一旦鱼虾成群，必是金池、金潭、金库、金湖。

低，不是不争，而是虚怀若谷砥砺前行

两位公司主管带队执行任务，年龄一大一小，资历一老一浅，但照公司安排，他们这次是平起平坐的一对搭档。

动员大会上，年纪大经验丰富的老主管，一二三四部署这、强调那，还对一些准备不充分的工作进行了严厉批评，一副高高在上的领导气派。

年轻主管没有趾高气扬，没有霸气十足，开场以"我这次是来向大家学习"的谦卑之语，拉近了与大家之间的距离，给公司大 BOSS 留下了较好印象。

执行任务期间，年轻主管言由心、致于行，大 BOSS 看在眼里，记在心里，甚是欢喜。

人生经验，第一印象往往很重要。这之后，大 BOSS 就一直把年轻的主管带在身边，手把手地悉心培养。年轻主管也不负期望，几年后，便在众同事中脱颖而出，升任公司高管。

放低自己，便塑造了谦逊、上进、亲和的好形象，产生了核裂变作用。

把自己放得高，就会目中无人、目空一切，胆大妄为，摆出一副高高在上的臭架子，拉开与群众的距离，甚至拉大人与人之间的仇恨。正所谓"木秀于林，风必摧之"，把自己放得越高，一旦跌倒时便会摔得很痛，有时甚至是粉身碎骨。

"水满则溢，月满则亏。"把自己放得越高，更容易骄傲自满、自以为是，变得飘飘然而不能自已，不再谦虚好学、努力上进了，慢慢就荒废了自己。

而把自己放得低，显得有涵养，懂谦卑，平易近人，遭人喜欢。把自己放低，更能承其压，养其静，修其身，不断磨砺和提升自己，正如聚沙成塔、集腋成裘，低能成其高，小能成其大，少能成其多。

低，不是不争，而是谦虚低调、虚怀若谷、砥砺前行。

低，不是屈服淫威，而是以小胜大以弱胜强

一名拳手一心想着要击败当世拳王，实现一鸣惊人的成功。

他向师父讨教，师父打击了他，劝他暂时放弃这个念头。友人却鼓励他，狭路相逢勇者胜，不试试怎么知道？拳手的血性和信心就这样上来了。比赛场上，拳手猛、狠、敏，可还是被拳王三下五除二，以迅雷不及掩耳之势击倒了。

拳手很后悔，悔不该没听师父之言。可这次，师父却鼓励他，要坚定念头，付诸努力。拳手不解，师父道："以前是你心浮气躁，怎能赢当世拳王？现在你经历失败，虚怀若谷，只要掌握要领，定能发挥出自己的最高水平。"

师父教其招，不要想着赢对手，而是要学会挨打，让自己低到尘埃中，让拳王得意忘形、忘乎所以，挺到最后的关键时刻，找准机会，一拳击中。

拳手依照而行，最终一拳成名。

刘备寄曹操之篱下，深隐志向，才逃一劫；韩信甘受胯下之辱，终成一代名将；越王勾践甘受吴王百般羞辱，最终一举复国。

强者面前，把自己放得越低，越能隐藏自身实力，降低对方对自己的警惕，越能出其不意、攻其不备，一战功成。

强者面前，把自己放得低，不是甘于低人一等，甘于屈服淫威，而是实施以小胜大、以弱胜强的对敌战术，是人生的大智慧。

低一点，是智慧之举，更是明智之行

新调进来一位同事，时时处处以能者自居，好表现，好事争着干，功劳抢着要。

经历相仿、职级相同、能力相当的老员工心里自然一百个不爽。

苦闷中，一智者献了一句话："地低成海，人低为王。"

老员工细细品悟，遵照而行，放大格局，放平心态，不争不抢，愉快干好本职工作，受到大家的尊敬。

新调进来的同事，最终以自恃清高、夜郎自大，表现过头，低了分，掉了价。

地势越低，蓄水越多，越能成池，成潭，成库，成湖，一旦鱼虾成群，必是金池、金潭、金库、金湖。正如"海纳百川"，大江大河大川之水汇聚于海平面以下的万顷沟壑之地，故成泱泱"大海"。

于人前低，不是低头认输，而是谦卑谦让、虚心上进、静而致远，这样的人往往有格局、有气量，懂进退、懂张弛。这样的人，也往往是最具实力之人。

于人前低，不张扬，不高调，平和、平静，能清醒认知自己，能乐见他人意见，能努力追求上进。这样的人，往往有修为，被敬重，受欢迎。

低，低的是架子。

于人前低，是智慧之举，更是明智之行。

在"最没前途的岗位"上熠熠生辉

世上没有平庸的工作，只有平庸的心态，把每一件简单的事情做好就是不简单，把每一件平凡的事情做好就是不平凡，把每一件自认为没前途的工作干好，就是有前途。

什么是"最没前途的岗位"

什么是"最没前途的岗位"？环卫工人、饭店服务员、公司清洁工、迎宾、前台？

可这都是一个城市、一个单位不可或缺的岗位。

他们平凡、普通，但他们默默地贡献着自己该有的光和热，虽不打眼，也不出彩，但保证着这个城市的正常运转。

相对于基层连队，也有一些被认为"最没有前途的岗位"，比如说炊事员、养猪员等。

印象中，个别战士因训练跟不上趟，被分配到了炊事班；个别战士是怕吃训练的苦，主动申请去炊事班；个别战士是因平时表现不积极，被安排去炊事班。去炊事班干什么？做饭、种菜、养猪！

看似不光彩，看似没前途，但革命工作只有分工不同，没有高低贵贱之分，一个连队没有炊事班不行，你不去，他不去，谁去？总得有人去。革命军人是块砖，哪里需要哪里搬；革命军人是块瓦，哪里需要哪里码。所以，不管愿不愿意，乐不乐意，都得有人去。

但有的连队一搞反常，把军事训练好、思想端正、表现积极的安排到炊事班，毕竟"伙食搞好了，相当于半个指导员"，炊事班也是连队的重要岗位。

有的战士会自愿自觉主动申请去，有的战士因怕被"轻视""笑话"而不愿去，连队往往会通盘考虑，用心安排。

没前途的岗位也能干出有前途的成绩

新兵小郑是那种"大笨熊"体形，训练成绩在及格边缘徘徊。但为人老实，工作勤恳，任劳任怨。新训结束，他就直接被安排到了炊事班养猪。

训练成绩不好，本就有些失意。被安排养猪，心里还是有些"自卑"。他不敢跟家人讲，更不敢对女朋友讲，怕家人担心，更怕被女友笑话。

指导员做他的思想工作："谁说养猪的就不如他人，北大的高才生毕业后还养猪，不仅养出了名堂，轰动了全国，还成了亿万富翁。"

"是啊，谁说养猪的就不如人！养好了，积累了经验，回去自己还可以当猪倌。"小郑想开了，乐观积极投入养猪工作中。别的连队养20头，他主动要求养30头。别的连队养猪员每天就是机械式地用当日剩菜剩饭喂猪，他在这基础上，砍木瓜、摘薯叶等给猪吃，每天还坚持放一小时音乐给猪听。

海南的天气热，蚊子多，猪圈一天不冲臭烘烘。别的连队战士一天冲一次，小郑一天打扫三次。不管什么时候去，小郑负责的猪圈都是干净和干燥的。小猪生病了，小郑第一时间请来当地的兽医；母猪生产了，小郑在猪圈打地铺为其接生。

这样养猪，猪能长不好？半年后，小郑养的30头猪一溜光，毛色红润，一头比一头肥壮。一年时间，小郑就为连队养出了60头大猪，还成功接生了30多头小猪仔。

小郑出名了，成了全连、全营、全团的养猪明星。团里一纸命令，把他调到了服务中心，当起了一百头猪的"猪司令"。

当时转士官指标少，为了转一个士官，不少战士挤破头。小郑不争不抢，团里直接给他转了士官。一级士官期限到了，团里又先后给他转了二级、三级士官。

小郑为团里养了十年猪，每年成功出栏300多头，指标任务完成得十分出色，年年被评为生产先进个人，还当上了服务中心的副主任。

退伍回到家乡，小郑自行办起了养猪场，现在是当地远近闻名的养猪专业户。

平凡的是工作岗位，不平凡的是工作态度

某集团军一级军士长小芮，入伍28年来，只做了一件事：维护飞机。

很不起眼的工作岗位，却有着很耀眼的成就：练就了"一摸准""一口清""一手灵"的绝活，戴上了士兵的最高军衔，成了单位的免检安全员、维修飞机的"兵专家"。

在接受中央电视台《顶天立地的兵》栏目采访时，小芮说："在平凡的岗位上，只要踏踏实实干，同样可以出成绩。"

革命只有分工不同，没有高低贵贱之分。当无法选择自己喜欢的岗位时，我们可以选择改变自己的心态，调整自己的状态，相信只要想干肯干，不管什么岗位都能干出成绩。

人的前途不是选出来的，也不是上面安排出来的，而是自己奋斗出来的。

当面对一个普通而又平凡、既不起眼也不打眼的岗位时，我们不能怨天尤人，更不能自暴自弃，沉住气才能成大器，踏踏实实、老老实实，生命不息，奋斗不止，一步一个脚印去认真完成好本职工作，去积极创新拓展，提升工作能力与成效，达到既锻炼能力又磨炼心智，工作既出色又出彩的目标，那才是最好的选项，才是对自己最好的负责。

能在"最没有前途的岗位"上闪闪发光，在"最有前途的岗位"上，你更能脱颖而出，不同凡响，干出更惊人的业绩。

水会飞吗

水会飞吗？

水是液体，流动的物质，怎么可能会飞？水不是鸟，又不长翅膀，怎么可能会飞？水有重量，更不是空气，怎么可能会飞？

但今天，我想告诉你：水会飞！

滚烫的水会飞

7岁那年，小伙的父亲不幸遇车祸去世。

17岁那年，高三，担心高考不中，让母亲失望，决意入伍当兵。体检过了，却因没有高中毕业，没有高中文凭而被拒之门外。

18岁那年，终于高中毕业，再次报名要求入伍。满怀期望，竟因血压高又一次遭遇淘汰。小伙不信，母亲也不信，年纪轻轻怎会有高血压？肯定是紧张的缘故。体检医生考虑到小伙的身世和当兵入伍愿望强烈，同意再次复检。可是，几次测量，结果还是不相上下。

小伙哀叹命运悲凉，感到前途一片迷茫，整日消极、昏沉。母亲看到儿子这副模样，伤心不已、悲痛欲绝，抱儿痛哭。

当地一位老兵得知此事，主动找到了这对母子，安慰过后，对小伙提出个问题："水会飞吗？"

"水怎么会飞？"小伙惊讶反问。

老兵抿了口茶，静而不语。半晌后，轻言："细细想想再答。"

老兵在部队时就已有好名声，回到老家也一直比较有名望。今天专程而来，肯定也是想看看此子是否可教可帮，或许就是来点化他的。母亲从老兵的只言片语中似乎明白了些什么。

小伙听老兵这一问，一开始觉得很是蹊跷和疑惑，但面对有名望的老兵，打心眼里只有佩服和尊重，便不敢怠慢，沉思良久，忐忑不安地对老兵答道："有句诗'疑是银河落九天'，想必水从天上来，可飞；瀑布从高处倾泻而下，也可飞！"

答中有古诗，还懂得多角度强化和肯定。显然，小伙答得有水准。老兵听此一答，心有所乐，感觉不虚此行。但奇怪的是，老兵并没有完全肯定这些答案，而是追问小伙，还有没有更好的答案。

小伙一阵沉思，摇了摇头。

一壶茶过后，老兵让小伙再取水煮茶。十余分钟后，壶中水因沸而鸣，壶口热气腾腾，水蒸气似烟雾在壶口缭绕。

"看，水飞起来了！"

老兵对母子语："水，滚烫之后化成水雾，便会飞。人，抱着一颗滚烫的心去干任何事，难有不成？"

母子目瞪口呆，随即醍醐灌顶，豁然开朗。

当年，小伙在老兵的指点下报名去了一所大专院校学习，并答应老兵在院校加强体育锻炼，参加第二年的应征报名体检。

19 岁，小伙以一名大学生的身份，如愿去了南方一所部队。

3 次应征梦终成。小伙以一颗滚烫执着的心为国防事业献身的精神得到了家乡人点赞，事迹还被当地媒体广泛宣扬。久违的笑容也爬上了母亲久经风霜、皱纹深深的脸庞。

"水会飞吗？会！"在军营，不管是干什么，是否遇到困难，小伙都以滚烫和执着的心去坚守，去拼搏，去争取。

小伙 21 岁时，通过自身努力，成了一名优秀的下士班长。

水到绝境是风景，人到绝境是重生

水到绝境成瀑布，是风景；人到绝境是低谷，是重生。

终成一点，绝境之处都是绝美。

那年，他 44 岁，被骗 200 万。

200 万，在 1987 年的中国，是一个天文数字。然后，他被国企除名，紧接着，遭遇婚姻变故。44 岁，不年轻了，还背负 200 万元的巨额债款，他的人生，滑入低谷。

然后，在深圳湾畔一个杂草丛生的地方，他搭起两间"烂棚棚"，打地铺，开始华为的起步。28 年后，华为产品遍布五大洲，销售半径超一百个国家。

如今，华为研发的 5G 技术，领先全球，成为美国想方设法打压的科技竞争对手。

一家私人企业，竟成为一个国家打压的对象，足见其实力让对方有多害怕。

他是谁？他就是任正非，一名优秀的军转干部，全球 500 强之一企业的领头雁，一个触底反弹的传奇人物。

当时，他完全有沧桑的理由，可他却没有沉沦，他用坚强、智慧、坚持，完成了人生逆袭，从低谷跃向巅峰。

看完这段传奇,想起曾经看过的一部电视纪录片，讲述的是世界最低洼地——"天下第一弄"甘房弄。

甘房弄位于广西大化瑶族自治县七百弄乡，是七百弄里的洼地之王，弄深 600 多米，是已知最深的有人类居住的洼地，与外界唯一的联系，是一条 1300 多级的陡峭石阶。

看着那条长长的石阶延伸至远方，我就在想，这些处在"弄"底的人，每走一步，都是上升的路啊。

正如任正非这样，处在人生低谷时，他每走的一步，不都是上升吗？看的每一处风景，不都是一生中绝美的风景吗？

突围，是苦难也是辉煌

金一南将军在《苦难辉煌》中说："突围，是苦难也是辉煌。"

长征是中国共产党人和中国工农红军深重的苦难与耀眼的辉煌。

当时，中共第五次反"围剿"失败，革命处于最低谷，红军从各苏区向陕甘苏区实施战略撤退和转移，挺进湘西、疾跨乌蒙、渡过乌江、夺取遵义、巧渡金沙江、强渡大渡河、翻雪山、过草地，到达陕北吴起镇，这些史诗般的壮举皆是红军长征一步一步走出来的。

红军每跨出一小步，都是革命火种蓄能燎原的一大步；他们每跨出一小步，都是向黎明曙光迈进的一大步！

人生，不如意事常八九。每个人都可能经受一段不可名状的人生低谷，有些人走不出，是因为沉沦，是因为害怕，害怕再次跌倒而痛苦。

可是你想想，你已经处于人生低谷了，再跌倒，又能低到哪儿去呢？又有何惧？一时的困窘，并不能概以一生，为何不尝试站起来走几步呢？因为你每跨出一小步，都是向上的；每跨出一小步，都离成功近了一小步。

《周易》的否、泰二卦，"否"为低谷，"泰"为高潮，而欲要泰来，则必先要否极。当你处于人生低谷，这可能是你人生的重要转折点，也可能是你人生的再开始、再出发，它将给予你无限峰回路转的可能。因为，只要不失去方向，你就不会失去自己！

如果你的人生处于低谷，不要怕，请多走几步，因为你的每一小步，都是上升的！你的每一小步，都会遇见一生中绝美的风景。

选择你喜欢的还是喜欢你的

文学大师莫言说："这个世界，总有你不喜欢的人，也总有人不喜欢你。这都很正常，而且，无论你多好，也无论对方有多好，都苛求不得。因为，好不好是一回事，喜欢不喜欢是另一回事。"

面对喜欢与不喜欢，坦然以对，随心而择。

如果不得不挑，你是选择喜欢的还是喜欢你的？

一早打开手机，妻子在微信中问我：如果不得不挑，你是和自己喜欢的人在一起，还是和喜欢自己的人在一起？

如果不得不挑，我选择和喜欢自己的人在一起。

不得不承认，我也是一位现实主义者，正如婚姻哲学，找一个爱你的人结婚。

喜欢自己的人，满眼都是你的好，和他们在一起，你会感受到被尊重、被敬佩、被需要，感受到轻松、快乐、值得。

而自己喜欢的人，不见得是喜欢你的人，正如爱情中的单相思一样，你默默地喜欢，别人却对你视而不见，哪怕你低到尘埃里，低到没有自尊，他也不一定会与你情投意合，也不会与你对酒当歌、人生几何。

当然，不得不承认，有的人三生有幸，对方既是自己喜欢的，又是喜欢自己的，就如爱情中的"一见钟情""情投意合"。但现实社会，又有多少这样的鸳鸯如意伴侣？

很多时候，你喜欢的不见得喜欢你，即使在一起，也会横挑鼻子竖挑眼，哪哪都看不顺眼，需要长长久久地磨合。磨合好了，能一路走下去；磨合不好，中途退场。

你说你喜欢与身边非常优秀、成功的人士在一起，想向他们学习和取经。可你是否知道，如果你不优秀、不成功，也许别人从没正眼瞧过你。

物以类聚，人以群分。不是你的圈子，不要挤进去，否则，会很难受。对这些人，我倒觉得远观就行，如果是真心想交往，先提升自己的价值和能量再说；如果只是想得到他们的帮助，那也得用你的真心换真心，用你的真情换真情。

而如果是喜欢你的人，我觉得该庆幸。这个社会，如果你没有地位、没有能力、没有价值，又有多少人会真心喜欢你？

你混得比别人好，周边很多人羡慕嫉妒恨；你混得不行，周边很多人会远离你，有的对你不屑一顾，有的甚至是树倒众人推。人啊，若是真有那么几个喜欢你的朋友，到了一定年纪还能在一起谈笑风生、回忆往事，那还真是三生有幸，真该好好珍惜，一辈子珍惜了。

选择了，就得对它负责到底

小时候喜欢狗狗，毛茸茸、胖乎乎的小狗狗，见了就想摸一摸、抱一抱、亲一亲，就想抱回家养。

一个有雨的冬季，一条毛茸茸、胖乎乎的小黄狗闯进了我的视野，一眼我就喜欢上了。

我想抱回来养，可父母就是不同意："一条没人要的小野狗，脏兮兮的，说不定身上有病，还是不要了。"

我坚决不同意，我说，我喜欢。

　　父母拗不过我，只好让我抱了回来。并且要求我要对它负责，回家就要给它洗澡，打点花露水。

　　我满心欢喜地抱回家，好好地给它洗了个澡，还给它取了个名——小黄。

　　我把它放在我的房间，给它放了猪肉和生鸡蛋，还打了一盆水。上课了，心里还念着小黄是不是吃得好，睡得好，玩得好。

　　放学回到家开门一看，它真是玩得好啊！我的书被它咬得到处都是，房间纸屑满地，鞋子这一只那一只，更可气的是，我的被子上也是狗屎，满屋子的臭味，地上还有一摊又一摊的尿渍。

　　我惊呆了，也难受了。才一天时间不到，我就开始厌恶它了。

　　我抱回它时，是真的喜欢，它的一举一动都是我喜欢的模样，可一天时间不到，它的调皮、它的恶心、它带来的脏乱，顷刻间，所有的美好彻底崩塌，它变成了我的困扰，成了我的噩梦，让我心生厌烦。

　　我不知道，小时候怎会如此多变，也许这就是小孩吧。

　　当父母对我说，送人吧。我突然开心了，送人。

　　有些人的喜欢可以长久到让山河失色，而有些人的喜欢可以短到顷刻之间。

　　长大了，我又喜欢上了养狗。但，现在不是小孩了，既然选择了喜欢的，不管它是好还是坏，都得对它负责到底。

　　因为，我得做一个有责任、有担当的男人。

你喜欢的和喜欢你的能融为一体该多好

　　打开微信，妻子给我发了一段长且深刻的文字：

　　冯唐在麦肯锡升为合伙人时，一位老的资深合伙人用英文写了封信给他。信中引用了一个诺贝尔奖得主的话，说人类幸福的根源，只有两件事：第一是人，就是和自己喜欢同时也喜欢自己的人在一起工作；第二是事，做自己擅长又喜欢的事。

有可能你擅长的事不是你喜欢的事，你喜欢的事有可能是你不擅长的事。如果你不得不挑，是做自己擅长的事，还是做自己喜欢的事？

做自己擅长的事。因为慢慢地，别人的、社会的正向鼓励，会让你认为自己擅长的事也是自己喜欢的事。

如果你不得不挑，是和自己喜欢的人在一起，还是和喜欢自己的人在一起？

和喜欢自己的人在一起。

曾国藩有一句话："危险之际，爱而从之者，或有一二；畏而从之者，则无其事也。"意思是：在真正危难的时候能跟你走的，一定是爱你的人，那些怕你的人，绝无一丝可能跟着你走。

以冯唐的定义，贵人不是有钱人、有权人，不是帮你遇事平事的人，而是像在暗夜海洋里点亮方向的灯塔一样的人，是你摔断腿之后能当拐杖一样的人，是非常不开心的时候像酒一样的人，是渴了很久之后像水一样的人。结交贵人太重要了。珍惜这么三五个人，一辈子。人生一世，起点都是"哇"的一声坠地，终点都是"唉"的一声离世，生不带来，死不带去，中间的构成就是时间，只有时间。

性情中人明白，人生没有终极意义，如果有意义，就是那些过程中的点滴小时光。

能选择你喜欢的且恰好也喜欢你的是最好，如若二选一，就选择喜欢你的。于人如此，于事，选择自己喜欢且擅长的。

你们觉得呢？

带着书去闯荡

董卿说，"我始终相信我读过的所有书都不会白读，它总会在未来日子的某一个场合帮助我表现得更出色"。

带着书去流浪，想想都那么美好

"这个时代能称得上大师的人，真不多了；而黄永玉，算得上一位。"

黄永玉是谁？《朗读者》节目组从第一季开始，三顾茅庐才邀请到"最大牌"的朗读者，一个久负盛名又硕果累累，从为人到作品，无一不精湛妙极，无一不经典称绝的艺术大师。

12 岁时，黄永玉离开故乡开启了流浪式的生活，长沙、宣城、宁国等数十个城市，都留下了他的足迹。而每次从一个地方到另一个地方，他自制的帆布包里一定会带着木刻刀、木板、书，带着书去流浪，为的就是刻出一流的木刻。

黄老回忆到，曾经在福州长乐停留时，他每个礼拜都会坐小轮船到福州市区，一上岸就直扑书店，一进门就看《约翰·克利斯朵夫》，看完了再放回去，半年时间才读完整本书。

就这样，在那个战乱年代里，黄永玉干过苦力，搞过舞美，做过编剧，而唯一没有放弃的就是读书。

前半生的漂泊让他把世界看了个透，颠沛流离的经历和孜孜不倦地读书，让他对人生有了更深的领悟。

他的画寥寥几笔，却生动诙谐，尤其是旁边或讽刺或俏皮或温馨的注解，精辟地把社会剥落得淋漓尽致。

带着书去流浪，想想都那么美好——拥有梦想，丰富内心，启悟心灵。有书的人生，沿途拥有这些美好，这还叫流浪吗？

心中有梦，走哪都带着书

每次回乡聚会，战友老罗都会聊起那时帮我背书的情景："别人的背包里都是零食，你的背包里却是一大摞的高考书。瘦小瘦小的个头，被一个大大的书包压着，这哪像是来当兵的，分明是来读书的。"

重提当初的那一幕温情，想想那个曾经傻傻地、愣愣地背着一大摞书走进军营的自己，满身心的感动和温暖，以至于我不得不频频举杯，向老罗表达我最真挚的谢意。

背着书走进军营的我，只要一有时间就会拿出书本坐在床沿的小板凳上，重拾高中的知识。写信的时间里、节假日里、演训途中……他人睡觉，我捧着本书；他人闲聊，我捧着本书；他人上街购物，我独在排房捧着本书；他人上网打游戏，我还捧着本书。

其实想想，当初进军营的那个意念，那个美好的梦想，一直在支撑着我不断向前，不停地进取，军校录取通知书拿到手的那一刻，我泪流满面……

心中有梦，走哪都带着书！让书装扮你的容颜，让书丰富你的精神，让书涵养你的内心，让书拓展你的眼界，让书帮你度过无聊时光，让书开启你的智慧，让书带你遨游世界，载你走向成功。

那些书里面的东西最终成了身体的一部分

曾任阿根廷国家图书馆馆长、著名诗人博尔赫斯说："如果有天堂，那里应该是图书馆的模样。"

有事没事，去图书馆走走，与"佳人"相约。或信手一翻，或深入其里，或反复品读，如佳肴，如佳酿，沉醉悠然。

我的心中，图书馆是圣殿，是宝库，也是为人安插翅膀，能让人飞翔的成长摇篮。在这里，清新淡雅的书香令我兴奋着迷，舒适宁静的环境让我流连忘返，温暖动人的文字赐予我力量，深邃悠然的思考带我腾飞……

不管我是兴奋不已，还是孤寂无助，还是心烦意乱，还是郁结沮丧，只要置身图书馆，我的心立刻就能平静下来，所有的浮躁、烦躁、聒噪，都会如烟随风，风起烟消。

在这里，我愉悦悠然、轻松自在，或是一本经典文学，或是一本官场小说，或是一本人物传记，或是一本心灵鸡汤，沉浸其中，阅尽世间人情冷暖、品味世间凡人哲语、开启世间智慧之门，如入桃园，如沐春风，如获至宝，欣然陶醉。

"每临大事有静气，不信今时无古贤""宁为大树，何与草争""既然选择了远方，便只顾风雨兼程""得与失，成和败，聚或散，都是人生的一种成长。看淡，心情才好，看开，日子才美"……不管是一句亘古的经典名言，还是一句深刻的人生哲理，或是一句动心的优美诗词，都能在我心田产生雪中送炭般的感动，如醉于"蓦然回首，那人却在灯火阑珊处"的悠然暗香，深深吮吸、细细咀嚼、反复品鉴，别有一番滋味上心头，自有另番深刻植心间。

"仁者乐山山如画，智者乐水水无涯。从从容容一杯酒，平平淡淡一杯茶。细雨朦胧小石桥，春风荡漾小竹筏。夜无明月花独舞，腹有诗书气自华。"耀眼的当红主持人董卿说，假如几天不读书，就会像一个人几天不洗澡一样难受。她还说，"我始终相信，我读过所有的书都不会白读，它总会在未来日子的某一个场合帮助我表现得更出色"。

爱读书之人，多读书之人，会由内而外散发出一种独特的气质，那是浓妆艳抹抹不出来的，是乔装改扮扮不出来的，是正儿八经演演不出来的，它是一种蕴含于内、散发于外的璀璨光芒，照耀自己，也照亮别人，催己奋进，也鞭策他人前行。

有人曾问一些成功者，读书有什么作用呢？他们的回答真实且都具有深意，大抵是这样："那些书里面的东西最终成了身体的一部分。"是的，都成了身体的一部分，装扮你，丰富你，滋养你，成就你。

愿一生，与书本相约。

给自己加点压，但别太大

天文学家伽利略说："生命犹如铁砧，愈被敲打，愈能发出火花。"压力使人奋进，成就让人愉悦。但还要提醒一句：压力要有，但别太大。

有压力才有智力

有这样两个实例。

曾有一位动物学家在一块厚木板上的数个小孔里放置了几条毛毛虫，并在孔上方盖上可以移动的透明玻璃盖子，让南方的山雀和阿拉斯加的山雀分别去取食。

结果，南方山雀只懂啄玻璃盖，却取不出下方的食物；而阿拉斯加的山雀就懂得推开玻璃盖子，吃光了食物。

同样是山雀，为何智力大不相同？原因就在于南方山雀的生活环境优越，食物充足，没有生存的压力；而阿拉斯加常年处于严寒气候，植被稀少，虫子也少，生存的压力造就了阿拉斯加山雀非凡的觅食技能和生存智慧。

在非洲大草原的奥兰治河两岸，生存着一群羚羊。研究发现，东岸羚羊的智力水平远超西岸的羚羊。

羊是同种羊，草是同种草，水是同种水，为何智力会有差别？原来，东岸羚羊的周边生存着一群狼，狼不时地袭扰羊群，强化了羊群生存的欲望和动力，长此以往就提升了羊群的生存应变能力；而西岸的羊群无忧无虑，没有任何生存的压力，每天只懂吃和睡，慢慢地就变成了"猪"。

正所谓，生存压力造就生存智力，提升生存概率。

有压力才有动力

"井无压力不出油，人无压力轻飘飘"。压力能促进人和社会的发展。

饥饿是一种压力，迫使你用劳动去获取食物；寒冷是一种压力，迫使你学会编织御寒的衣服；批评是一种压力，迫使你不断地改进；生活是一种压力，促使你勤奋地工作……压力在，刺激就在；刺激在，动力就在。正如人们所言："人们最出色的工作往往是处于逆境的情况下做出的。思想上的压力，甚至肉体上的痛苦都可能成为精神上的兴奋剂。"

人要有点压力，如果没有压力，就没了精神，从而慢慢步入行尸走肉、颓废无聊的不良境地。没有压力本身就是一种压力，就是一种极度的"空虚"。给自己加点压，是对自己的负责。正如松下幸之助所言："忙碌和紧张，能带来高昂的工作情绪；只有全神贯注时，工作才能产生高效率。"

在学习上给自己加点压，学习成绩会不断稳中有升；在工作中给自己加点压，会提升工作的效率和成果；在生活中给自己加点压，会保持不断进取的积极姿态。

有压力的人生，是人之常态；没压力的人生，是人生的意外。

人，就该有点压力，压力使人奋进，奋进才有成就，成就使人愉悦。

要有压力，但别太大

最近一段时间，我发现自己的脾气很暴躁，心里有股莫名的躁动，心口感觉有块石头给压着，回到家常为一件小事而火冒三丈，一不小心就可能大声呵斥，整个人好像被戾气裹挟，失去了理智。

妻子轻声问我："是不是工作压力大了？"一听这句话，我就感到莫名的心酸。是啊，最近这段时间，好几项大任务压在手里，领导很重视，标准要求高，而且都还要的急。

当天，妻子跟我交流了很久，给予了理解、宽慰、安抚和指导，还给我来了个全身心的按摩，让我的情绪平稳了很多，压力舒缓了不少。

妻子安抚道："压力人人都有，有点压力还是可以的，但关键是，压力不能太大，面对压力，要懂得你强他就弱。"

在这个快速发展的社会，谁都有压力。工作的压力、生活的压力、房贷的压力、车贷的压力，父母衰老的压力……压力就像一个无形的口罩，戴不习惯时就无法呼吸，戴习惯了，也就习惯了。

如何抗压呢？首先，得辩证地认识压力，正向且乐观地面对压力，从心理上给予积极的暗示。这能让我们在努力前进的道路上懂知足、知进退，让日子过得像弹簧一样张弛有度，充实快乐。

其次，要提升自身的能力和底气，说到底就是提升工作的能力。只有不断提升工作能力，学会经营之道，让工作游刃有余、经营乐之有道，压力就不会太大。

再次，懂如何巧妙化解压力。比如说转移注意力，寻找替代补偿。跑跑步、聊聊天、听听音乐、找人倾诉倾诉，都是不错的选择。运动是非常好的舒压方式，能促进大脑分泌一种被称为天然止痛剂的内啡肽，给人带来满足和愉悦。找一两个友人一起运动运动，通过出出汗，聊聊天，不仅能达到排毒、促进睡眠的目的，还能通过聊天倾诉缓解自己的压力，找到丝丝安慰。

人生路，是一场马拉松式的长跑。适当地给自己一点压力，让自己甩开膀子不停地跑起来，一路芳华就在眼前，一路美景亦在眼前，一路愉悦也在眼前。

但请记住，压力别给得太大。大了，请开启音乐模式、约友同跑模式、内心和解模式，必要时不妨按下"暂停"键，气息调好了再开跑……

像大豆这般，拥有多种精彩的选择

一颗大豆，从种下到收获，不需要人打理；变成豆子了，也完全不愁卖，即使暂时受到冷遇，那也有另外多种精彩的选择，最终都能成为最好的际遇。

向豆子般，怀揣一颗坚强的心

大豆，黄黄的、圆圆的，如刚出生小孩大拇指甲般大小的颗粒状农作物。

我的印象中，种植大豆是一劳永逸、一本万利的好农事。

南方种豆，那可谓真简单。每年开春，庄稼未种植前，农夫们往往都要扶田埂，把田泥用锄头搭到田埂上，再用脚踩实踩平，然后用一把木抹子抹平。这样做有两个目的，防止田埂漏水和种豆。

庄稼种下后，田埂也被太阳晒得差不多半干了。然后从家中拿来一个像小孩子手掌那么大的铁叉子，在田埂的新泥上每间隔 30 厘米左右插一个小洞，扔下一两颗黄豆种，有农家肥的扔点农家肥盖上，没农家肥就直接把插开的泥土合上，豆子就这样种好了。

种好的豆子，可以不用管理，到了时间去收割就成了。道理很简单，田埂泥肥，田地里又不缺肥水，豆子根系发达，几个月的生长期，豆子早就把根深深扎进了田埂里。所以，只要庄稼人把稻子管理好了，豆子自然就长得又大又好。

温室里长不出参天大树，野外野蛮生长未必不是好事。

向豆子般，怀揣一颗坚强的心，无须打理，无须侍弄，独自经风沐雨，自由野蛮生长，最终成就最好的收获。

即使暂时受到冷遇，那也有另外无数种精彩的选择

再说卖豆，完全可以说是没有一点风险。

首先，豆子是最受欢迎也最寻常的一种食物，且人、畜都喜欢。我国人口基数全球第一，需求量那简直是个超级"大胃王"，国内供不过来，每年还得从国外引进数亿吨，用供不应求来定位完全不为过。

再者，即使商贩们暂时因豆子受到冷遇而卖不出去，那也完全不用担心。把豆子拿回家可以打豆浆吧，打成的豆浆可以往早餐店供应吧；豆浆卖不完，可以制成水豆腐吧；水豆腐卖不完，可以炸成油豆腐卖，再不成还可以制成豆腐乳卖。

次者，如果不用来打豆浆，可以用来发豆芽；豆芽卖不完，可以变成豆苗卖；豆苗卖不完，可以拿回来种在花盆里当盆景卖；再不成，就把它喂给鸡、鸭等家禽吃，还可以种在田里，等待新一轮的收成，让一颗豆子变成千万颗豆子。想想，都是非常喜人的事情。

一颗豆子，从种下到收获，不需要人打理；变成豆子了，也完全不愁卖，即使暂时受到冷遇，那也有另外无数种精彩的选择，最终都能成为最好的际遇。

于人呢，当如豆子，胸怀丰富内涵、过硬本领和坚韧品质，不管在哪，都能演绎多种精彩；遇到冷遇、挫折或是困难时，能够乐观、积极、向上，始终能做出无数种精彩的选择，成就无数种精彩的人生！

请谨防像豆浆般的"假沸"

计划怀孕、已经怀孕和生育了宝宝的女人都被医生叮嘱，多喝豆浆。

妻子孕前也买来豆浆机，每天晚上先把豆子泡好，第二天一早起床就开始打豆浆。

喝了一个多星期，出现了几次腹泻。

医生问："是不是喝豆浆引起的，豆浆有假沸现象，没煮熟自然会拉肚子，一定记得煮沸之后还得多煮几分钟。"

一语惊醒梦中人。从此之后，我们都会让煮沸后的豆浆再煮上三至五分钟。之后，妻子也没再因喝豆浆腹泻了。

豆浆好喝，务必煮熟。

现实生活中，我们是不是也出现过"假沸"现象？有点小才，能办点事，能写点材料，就自以为不得了，沾沾自喜、扬扬得意，犹如稻田中的稗子，一副高高在上、目中无人的样子。

有点小成就，就自以为飞得高、不得了，达到了人生顶峰，可以俯视一切、骄横跋扈了，就如同风筝，自以为有了翅膀就能飞向高空，就能与鸟齐飞，与鸟比高低了。

其实，这些都是愚昧和无知。

山外有山，楼外有楼，人外有人。你的自以为了不起，所谓的人生巅峰，都是不自知。轻则闹笑话，出洋相；重则易满足，不进取。

逆水行舟，不进则退。你的盲目自信，盲目自大，盲目了不起，盲目的人生巅峰，既影响你的斗志，又影响你的发展，更影响你的进步，切不可为。

请正确认清自己，谨防像豆浆般的"假沸"。

新同志，别急于过度表现

一位作家说："人也罢，花草和其他生物也罢，凡是过度想表现自己，就会使观众扫兴，减弱了它本来所具有的魅力。"

过急、过度地表现，都会使自己的人生打折。

都是急于表现惹出的笑话

新兵入营第一天。我们百十号新兵整齐坐在篮球场，等待着被挑选。

一连长站在队伍中高喊："谁懂打篮球？站起来。"我思忖半天，站了起来。一群高个子兵被挑走了，唯独我一个小个子站在队伍中半天无人问津。

我恨不得找个地缝钻进去，反复地自责："本来个子就小，也不懂怎么打篮球，干吗傻傻地站起来丢人现眼。"

新兵连生活过了一个多星期，我们开始逐渐接触体能训练。新兵班长准备教大家怎么做俯卧撑。我来劲了，自告奋勇："班长，我会，我一口气能做近百个！"

班长当场让我给大家演示演示。我傻乎乎地秀了起来。班长一看，也乐了，跟着我做了起来。我一看，傻眼了，班长那才是一个标准，我这哪叫哪，就是一个简单的小腹下压，胳膊小手基本没有弯曲过。我的脸"唰"地就红了。

这些急于表现惹出的青涩、幼稚的笑话，几十年来历历在目，未曾忘记。

都是好表现带来的被动

单位新调进来一位同事。

新同事一来，就急于表现。工作非常积极，大事小事主动揽着干，材料追求尽善尽美，还时时注重向领导汇报，在各大小场合讲话。

"外来和尚会念经""新鲜血液有干劲"，领导乐见新同事表现，大会小会都表扬他。新同事更起劲了，在微信朋友圈甚至来了句："与其看着别人高高在上笑，不如把别人踩在脚下自己笑。"很霸气、很自我，也很激励自己，一看就是有大志的斗士。

后来的工作中，他以此为准则，以能人、斗士、大侠的风范独来独往、风风火火、雷厉风行，渐渐把单位老同志的光芒全盖下去了，工作也时常不顾及老同志的感受，事事抢先，时时邀功。

"他要逞能，就让他去逞""他要表现，就让他表现"……老同志们看他这么急于表现，这么热衷抢功，表现出不同程度的不配合、不理睬，个别甚至想看看他的笑话。

不久，他的工作便开始出现差错，错多了言行中也慢慢透出了埋怨之意，领导的表扬随之也慢慢降温。

不久，往日那种风风火火的激情、雷厉风行的气势在他身上慢慢退却，朋友圈那句霸气、自我的励志"格言"也被删除了。

好表现，想出头，无可厚非。但修为不够，为突出自己踩压别人，过分地表现，早早地出头，便有可能成为被枪打的"出头鸟"了。

都是好表现带来的失败

一个刚加入华为的员工，在工作中自以为发现了很多华为在战略和管理上的问题，便洋洋洒洒地给任正非写了封"万言书"，从顶层设计的高度，全面系统地谈了自己对华为发展的战略思考。

这么有思想、有见地、有思路的"万言书"呈上去，马上就能得到任总的重视和赏识，很快就会晋职加薪委以重任吧？

"此人如果有精神病，建议送医院治疗，如果没病，建议辞退。"这是不久后，任正非特批的辞退指示。

一个新员工，学识不高、眼界不阔、经验不足，短短时日还没完全了解单位建设情况，就自以为是地大放厥词、高谈阔论，大谈战略和管理问题，如果重用他，那就会把华为往火坑里带！高层不缺思想，更不缺思路，缺的是解决实际困难和问题的人才。

但如果此员工能安心地在华为好好工作几年，解决一些实际问题，干出一些成绩来，再以老员工的身份用详细实事、实例给任总呈个"万言书"，结果又会如何呢？

结果虽不得而知，但可以预测，只要有见地，至少应该是会得到高层大力表扬的。

去逞能，抢风头，逞了，抢了，就输了

有这样一个寓言故事：

一人被一狼追赶，在走投无路的情况下，抓起一张羊皮披上，混入羊群。

狼追到羊群前，分辨不出哪个是人，便问计于狐狸。狐狸对狼耳语几句。狼窃喜，对着羊群高喊："人啊，你装扮成羊，真是太逼真了，我一点也看不出破绽。人，虽然你聪明，但有一事你无法做到，你能把自己扮成狼吗？"

话音刚落，只见人气呼呼地站起来，把身上的羊皮一掀："谁说不能？"狼猛扑过去咬住了人的喉管。

后来，"如果你想看清一个人的本来面目，就让他去逞能"在狼群中广为流传。

去逞能，抢风头，逞了，抢了，就输了。

来到一个新单位，好好表现，以得到领导的赏识、同事的认可，是可以理解的，也是应该要做的。但如果一来就急于自我表现，一味过度表现，就容易闹笑话，若是一来就整个"鹤立鸡群"的形势，很可能就事与愿违，甚至会出现"木秀于林，风必摧之"的艰难局面。

新单位新环境，贵在先融入，后表现。表现一二，不表现三四，稍稍冒尖适可而止，让大家感受不到你的锋芒，愿意与你交往，而后再等机会和机遇。即使是后期不同凡响、出类拔萃，大家也不会反感，反而会更加敬重、更加佩服，更愿意与你这样优秀的、有智慧的同志为伍。

行稳致远。来到一个新单位新环境，先"虚怀若谷、与人为善、低调稳重"为好。

不完美，也许正在成就你另外的完美

诗人顾城："你不愿意种花，你说，我不愿看见它一点点凋落，是的，为了避免结束，你避免了一切开始。"

为了保持完美的愿景，宁可不开始，也不愿看到它的不完美。这样的完美主义者好吗？

月有阴晴圆缺，人有悲欢离合。正确认识和接受生活中的不完美，才是最重要的修行。

什么样的水晶石最有价值

什么样的水晶石最有价值？

晶莹剔透、没有杂质的？不，真正有价值的，是那些既晶莹透亮，又有一些杂质的水晶石。

珠宝行的人讲，那些杂质，便是藏在水晶石里的一些红色、黄色、灰色或者白色的斑点，这些斑点越小、越模糊，价值也就越高。而那些既晶莹透亮，又没有一丝杂质的水晶，它绝大部分是人工制造的"完美"工艺品。

有杂质才有价值，而"完美"呢？

看似光滑闪亮的苹果，很完美，实质呢，被打了蜡；看似没有苍蝇叮的很干净的小鱼仔仔，实则呢，被抹了胶水；看似很黄很有品相的菊花，实则呢，用硫黄熏过了；看似很诱人的投资，实则呢，是拉人下水的"黑传销"；看似仪表堂堂、谈吐优雅的好男人，实则呢，口蜜腹剑、害人无数。

越完美，越有"坑"，甚至越有"毒"。

"完美"的人有吗？当然有，但极少。"完美"就不普通，就属于鹤立鸡群、木秀于林那类，适合远观而不可近视。正如一些名贵的玫瑰花，贵而不能消受，没有花香还带刺。"完美"也可能徒有虚表，正如花瓶，只是个好看的摆设。

看似"完美"的人，有些往往都进行了自我包装，表面上看起来完美无瑕，实则不知打了多少粉底，去掉美颜，去掉滤镜，卸下装束，还真不知长相有多一般，即使其长相不错，心灵呢？还得靠时间检验。

不完美的人呢，有个头不够高大的，脸蛋不够漂亮的，身材不够有型的，还有不太会交往的，有口吃的，有残疾的，等等。可能大多数人都有这样或那样的不完美。

不完美才真实。

不完美又怎样

不完美又能怎样？

先天条件都是父母给的，再不完美，日子得照样过，生活得照样继续，何必盯着自己的不完美而不自信，甚至是耿耿于怀，陷入自卑——失败——更自卑的旋涡而不能自拔呢？

正视自身的不完美，才会努力去提升自身另外的完美。

军校有位同学，个头不高，形象气质一般，讲话也不太干脆，给人的感觉就是不自信，不适合带兵的那种。但是，人家就是认识到了自身的不完美，努力在政工方面求发展，全身心地投入学理论、写材料中。

在军校待了几年后，当别的同学手中都没见几个荣誉证书，他已经在各类理论报纸、杂志上发表文章数篇，而且还获得了多个奖项，成为全班几十名同学中的佼佼者，令所有同学都刮目相看。

从军校毕业没多久，当大部分同学还在基层摸爬滚打时，他已经在机关深造了。当大部分同学都转业时，他已是一名团职干部了。

不完美，有时真不是自身的错，错就错在不能正视不完美。如果正视了，不完美也许就是令你开悟的那把"金钥匙"，就是成就你的"新动力"，是你的"幸运星"。

正视自己的不完美，正是一个人走向成熟、走向成功的起点。

"不完美"，才会逼着我们追求"完美"

台阶就像没有尽头一样，直上直下几乎呈九十度。独腿的罗雨拄着拐杖，迈出左腿，再用拐杖着力带动身子挪动，就像跳起来一般，一步一跳地向上攀爬。

天快黑了，这个河南郸城姑娘"跳"着登顶了长城。

二十几年前，失去了右腿的罗雨，感觉人生似乎才刚刚开始。

一条腿，一个月，从郸城独自走到林芝。

一条腿，一个人，独自考取了驾驶证，还学会了开叉车和电焊。

一条腿开车、干农活、健身、旅行……

3岁那年罗雨因车祸失去了右腿，遭遇过歧视、排挤、辍学。用她自己的话说，自己的人生就如自己的名字，雨落个不停。

雨落个不停又能怎样？

在惠州的工厂做过鞋子，在深圳卖过房子，在家点着电焊，独自去了天门山，爬了长城，登了雪山，甚至徒步进了西藏。最近，她还去了一趟青海。在广袤无垠的草地上，她冲着天空张开双臂，面向太阳，单腿起跑……

"真正能支撑一个人的不是假肢，而是内心的强大。"罗雨说。

现实中的罗雨是不完美的，但在我们心里，这个女孩是完美的、漂亮的、坚强的、可爱的、可敬的。

面对别人的"不完美"，有些人喜欢评头论足，将此当成饭后的谈资、酒桌的笑话。

我们需要在意吗?

我们不为任何人活，只为自己的人生负责，真正的好不好、幸不幸福、开不开心、如不如意都是自己的，也都只有自己知道。生活是自己的，人生是自己的，管他说啥。

自己的不完美，并不是我们自己的错。我们需要的就是勇敢地接受现实，努力去挑战自我，活出另一个自我，绽放另一种精彩。

当你脱胎换骨、破茧成蝶时，你应该感谢自己的不完美，因为它让你更加清醒地认识了自己，更加明晰了前进的方向，更加努力追求着另外的完美。

所以，感谢"不完美"，也许它正在成就你的另一种"完美"。

珍惜批评和批评你的人

很多时候，成功并不在于你有多努力或是多幸运，而在于鞭策你不断前行的嘲讽和批评。

对待批评的态度不同，最终的成长结果也不同

人非圣贤，孰能无过。

工作不细，因差错而挨批；讲话不妥，得罪人而受责；办事不周，捅娄子而被骂。

谁都想把事干好，把人做好，不出差错。诚然，用心了，做人和做事都很漂亮，但也有事与愿违、百密一疏、千虑一失的时候，越想做好，越有可能做得一般，有时还会在某个不经意间的环节出差错。

面对批评或指责，你会怎么做呢？

雕刻大师有三个出色的弟子，在出师之前，大师让三个弟子各雕一个工艺品摆到市场上出售。第一个弟子雕的是关公，第二个弟子雕的是老虎，第三个弟子雕的是大佛，三件工艺品规格一样，售价也一样。

三件雕品一到市场，就吸引了一批木雕爱好者和收藏者围观，不少人看了这三件作品，纷纷给予了较高的肯定。人群中有一位老者，细观良久后，却给出了

一般的评价，对作品一一进行点评，指出了不少要修改的地方。

俗话说："打人不打脸，揭人不揭短。"这个时候谁不希望听到一些嘉美赞赏之词？即使没有赞赏，也不应该揭短。

弟子一听后，气不打一处来，视老人的话为放屁，认为老人是故意贬损师徒名誉，故意让作品卖不出去。弟子二听后，一肚子火，认为老人家鸡蛋中挑骨头，还故意怠慢和讽刺老人。只有弟子三很平静，用心记住了老人的点评，并在当晚对工艺品进行了精心打磨。

第二天，弟子三的雕件以最高价卖了出去。从此以后，弟子三对即将出手的每件工艺品都精心打磨，不到自己完全满意的程度不出手。三年之后，终成当地最有名的雕刻大师。而其他两个弟子，自觉技不如三弟，不久就退出了雕刻队伍，从事起其他营生。

对待批评的态度不同，最终的成长结果也不相同。虚心者，心生谢意，以此为鞭策，发展、进步，更上一层楼；抵触者，心生怨念，认此为找茬，依旧我行我素而折了自己本可更进一步的前途。

成长路上，批评似乎就是人生的伴侣

从小，父母对我们进行批评。这种批评，督促着我们不断地学习、不断地上进，督促我们不断地变得更好。父母的批评，就像是一曲爱子之歌，一直在我们的耳边萦绕；就像是一部育子之书，一直在引领着我们成长。

长大了，老师对我们进行着批评，这种批评，也如父母之爱在引领着我们热爱学习、天天向上，做社会有用之人。

成年参加工作了，领导对我们进行着批评，激励我们好好工作、努力上进，做事业的强人、生活的主人。

一路走来，我们都会遇到批评你的人。这些人，往往都是我们生命中的贵人，是引领我们向上向好、成长进步的大贵人。

军校毕业那年，我与指导员老徐相识。这一路走来，他就像是我的人生导师，关爱有之，帮助有之，批评更有之。

"走路把头抬起来，别像个小老头！"长年伏于电脑桌前，一伏就是十余年，头习惯性地往前倾，走起路来也有些驼背了，也就只有老徐当面批评我。

"把心胸打开点，就这点小事天天挂脸上不累吗？"工作上与同事产生了观念上的分歧，闹了些不愉快，坏心情好比是南方的梅雨天，持续好长一段时间，也就是老徐当面对我批评教育。

做人做事，不够周全、认真、细致，也就只有老徐会单刀直入、开门见山地指出我的问题，批评我的不是。

一如既往地，我虚心地接受，深刻地反省，认真地改进，这让我变得越来越好。所以，一路走来，他在进步，我也跟着在进步。

我很感谢，成长的路上遇到了这样坦率批评你的好大哥。他敢于批评你、乐于批评你，说明他在关注你、关心你和培养你。成长进步的关键点上，他也会不遗余力地帮助你、成全你、成就你。

所以，只要你身边有这样的好友，你就应该庆幸和高兴。

珍惜那种在你身边随时批评你的人

"以人为镜，可以正身。"身在局在，就怕不自知。

这个时候的批评或是指责，虽然不好听，但往往就是关心、帮助和提点你的良言，是一剂让你醍醐灌顶的清醒剂。关心你的人对你的批评、指责越多，你越能清醒，越会自知，虚心改进后，失误就会越少。

怕的是，那种已经看出了你的不足和错误，却视而不见之人；更怕的是，不仅不指出错误，还在美言你的人，这是一种虚情假意，更是一种不安好心，会让你摔得更重、跌得更深，甚至会让你万劫不复。

当然，也要排除那些有意而为的伤害，只要对方不是居心叵测，不是有意地诋毁、故意地踩低、侮辱性地讽刺，我们都应正确看待。

要认识到，当老师对你的不思进取不管不问时，说明已经对你失去了信心；当领导对你的差错没有任何的只言片语时，说明已经对你失望透顶；当身边人对你的差错视而不见，反而还假心假意地恭维、违心违德地赞美时，说明在害你了。

批评如药，能治病；批评如油，能发电。

所以，珍惜那种在你身边随时批评你的人吧，把他们的批评当成是促进成长的良药，当成生命中不可或缺的养分，正确认识、虚心接受、努力改正，便是一种难能可贵的成长。

珍惜批评，珍惜批评你的人吧。

成长路上，恩谢磨难

一位知名作家说："人生如打铁，少了一锤，成色也会差很多。"

成长路上，磨难让我知人，知事，更知己。磨砺越多，知之更深更切，越助推我们不断成熟和成功。

经事多了，也就慢慢成熟了

几十年来，一段励志的话始终使我记忆深刻，还不时地在脑海里冒个泡："天将降大任于是人也，必先苦其心志，劳其筋骨，饿其体肤，空乏其身……"

从小到大，我们书背得不少，但记住的并不多，能记一辈子的更少，但这段话对我来说，一辈子都记得。

人，要成才，要干大事，必定要经受比别人更大更多的磨难。以至于每当自己不如意、不顺心、不平坦，受挫折、受非议，惨遭失败和痛苦时，经常拿此自勉、自励。

人，这辈子要经很多事，好事坏事难事险事，事事都是事，经事多了，也就慢慢成熟了。这种成熟，是司空见惯，习以为常；是遇事不慌，云淡风轻；是有条不紊，游刃有余；是"荣辱不惊，闲看庭前花开花落"；是"去留无意，漫望天上云卷云舒"。

从小吃家境的苦，让我们过早地长大，懂做饭、会洗衣、勤扫地，还不用父母操心学习；长大了，懂得处处为父母着想，会节约，会努力赚点小钱补贴家用，还会用心读书；真正地经事了，工作上的不顺，事业上的受挫，人情世故上的不周，都在不断地磨砺和修炼着自己，经多了，便习以为常了，经住了，便更加强大了。

人生的经验和感悟都是经事之后，磨砺过后，才懂得。

有的人，平时恭维你，表面顺从你，每天对你笑嘻嘻，背地里却非议你、踩低你，这样的两面三刀最可恨；有些话，不能乱讲，特别是大话、许诺的话，大话讲了惹人厌，许诺的话讲了就要践……

人生体悟，都在一得一失的经历中升华着。

磨难越多，奇迹可能越大

萨克斯这件乐器大家应该都不陌生，大型音乐会的闪亮乐器。可谁又知道这件乐器背后的故事？

萨克斯的发明人，是100多年前的比利时小木匠阿道夫·萨克斯。小时候，误吞过缝衣针、硫酸，还被砖砸破过脑袋，不幸从楼上跌落，摔倒在火炉上烧焦过，能活下来本身就是个奇迹。可他不仅活了下来，还特别能与天斗，与地斗，与自己斗，努力寻求自我成才的高光。

21岁那年，阿道夫几经磨砺，发明了一件乐器。一开始，他就想把这件乐器介绍给世界音乐权威中心──巴黎音乐界。可谁会把这样一个无名小辈放眼里？这一晃就是9年。

9年间，阿道夫始终在倔强地向有兴趣的音乐家展示自己的作品，也在倔强中不停地接受打击、取笑和怀疑。

机会终于来了，一位作曲家喜欢上了这件乐器，并特意为阿道夫谱了一首曲，争取到在巴黎音乐会演出的机会。可这个时候，意外又出现了。

阿道夫的乐器从马车上掉了下来，摔成了两半。没戏了吧？打道回府吧！然而坚强的阿道夫抱着破损的乐器上了舞台。

怕乐器铜管会掉，他双手一刻不离乐器；不能翻乐谱，忘了谱子，他索性凭记忆和感觉，想吹长音吹长音，想吹短音吹短音，直到自己记起曲子回到正常。在场的法国观众从未听到过如此优美的音乐，顿时喜欢上这种乐器。演出结束，台下掌声经久不息，萨克斯从此走上了音乐的舞台。

一位作家说："磨砺越多，奇迹可能越大。"正如"天将降大任于是人也，必先苦其心志"。

老天是公平的，为你关了一道门，但也为你开了一扇窗。只要你坚信，不断磨砺，总有晴空万里的那一天。

天再黑，也有白昼来临的时刻；雨再大，也有风停的时候；路再远，也有到达的时候；磨砺再多，也有到底的那天。

积累沉淀，总有厚积薄发的那一刻高光。

乐把磨难当财富

诺贝尔文学奖获得者莫言说："不遭苦难，如何修成正果；不经苦难，如何顿悟人生。"

《西游记》中，唐僧师徒西天取经，历经八十难拿到了经书。结果观音掐指一算，还少了一难，于是让老龟将师徒从半道上扔下了河。唐僧师徒经九九八十一难后，才取得真经，修成正果。

《史记》作者司马迁，遭遇宫刑，忍千般辱、受万般累之后，才有了"史家之绝唱，无韵之离骚"传于世。"文王拘而演周易；仲尼厄而作春秋；屈原放逐，乃赋离骚；左丘失明，厥有国语；孙子膑脚，兵法修列；不韦迁蜀，世传吕览。"历代无数成名人士，谁不是经风历雨、忍辱负重之后，绝处逢生而创就千秋功名？

正如古人所言："水到绝处是风景，人到绝境是重生。"困境中往往蕴含着机遇，危险中往往蕴含着希望，信得过，挺得过，熬得过，便是新生。

经事长志，历事成人。司马迁经历的所有的磨难，都在成就闻名于世的《史记》；阿道夫·萨克斯经历的所有的磨砺，都是在成就闻名世界的萨克斯；你所经历的所有磨难，都在成就明天不一样的你。

人生所有的困难，都是成就之旅；人生所有的磨砺，都是进阶之路。

经事越多，磨砺越大，成熟得越早，成就也越大；经事越少，越是一帆风顺，一经挫折也越有可能摔得粉身碎骨。

乐把磨难当财富，撑过去，熬下去，人生必定是一番新天地。

懂感恩，才配拥有福报

滴水之恩，当涌泉相报；一饭之恩，当千金奉还；知遇之恩，当铭记在心；提携之恩，当永世不忘。

受人恩惠，还人恩情，爱来爱返，福来福往。

心怀感恩，拥有这般美好

因为感恩，这一路走得虽然比较曲折，但我也能达到想有所想，成有所成。

因为感恩，尽管为人处世上有这样或那样的不周，但也总有贵人相助，赏识我、教诲我、提携我。

因为感恩，人生际遇上总有这样或那样的提心吊胆、担惊受怕，但最后还是让我那颗悬着的心安然落地。

感谢感恩，让我能拥有这般美好。

在我的意识里，如果你是一个善良的人，你得到了别人的善意对待和帮助，心中产生一种自然而然的感激之情，并能用行动去回馈和报答这种帮助，这就叫感恩。

在我的意识里，感恩，是不带功利、不带企图、不带世俗，发自内心的一种真情实感和自发行为，是人世间的真善美，感情升华的黏合剂，是处世为人该有的基本道德准则。

被人赏识时收获感动，获得教诲时顿感温暖，得到帮助时铭记于心，被人扶持时烙刻在胸，能够回馈时不遗余力，人与人就是在这样的一来一往间，将善意和美好的种子播散开来，将人世间涂染成暖色调，温馨感人。

成功时，不要忘了帮过你的人；富裕了，不要忘了陪着你的人；风光了，不要忘记扶持你的人；得势了，不要忘记提拔你的人。

心怀感恩的人，一心向善，一心向好，一心向美；心怀感恩的人，心中有阳光，行为有定力，知冷暖，懂回报；心怀感恩的人，心中自有美好，身上自带光芒。

满怀善意，感受这般美好

"我的手还能活动；我的大脑还能思维；我有终身追求的理想；我有爱我和我爱着的亲人与朋友；对了，我还有一颗感恩的心……"谁能想到这段豁达而美妙的文字，出自21岁时就在轮椅上生活的全身瘫痪的残疾人——世界科学巨匠霍金。

命运之神对霍金，可以说是苛刻得不能再苛刻了。但他拥有一颗很富有的感恩之心：能活动的手指，能思维的大脑，能追求的理想……心有善念，心存美好，心怀感恩，这个世界不管对自己多寡薄，都充满另外的美好，都拥有另外的满足，都让心执所想，心系所念，向往美好的明天。

感恩，让霍金成为这个时代不可思议的传奇。

年终，公司要发奖金了，小张、小李发了1000元奖金，而小明发了1500元奖金。

小张没有抱怨，反而心存感念，感谢老板给他发了1000元的奖金。

小李却心生怨念：为何不能一碗水端平？明明是狗眼看人低！两种不同心态，换来两种不同结局。小张感恩拥有，笑脸相迎、用心尽力，老板自觉不好意思，给小张提供了更多发展机会，更大发展平台；小李却因怨气横生，处处不满意，最终被辞退。

心怀感恩，心中必然盛满大爱，充满乐观，满怀善意，处处都感受着美好，相互传递后让人感受到更多的感动，无限循环，无限美好。

感恩每一份遇见，感恩每一个在我们生命中出现的人

有人曾说："无论你遇见谁，他都是你生命中该出现的人，绝非偶然，他一定会教会你一些什么。"因此，我们应当感恩每一份遇见，感恩每一个在我们生命中出现过的人。

感恩父母的养育之恩。养育之恩比天高，比地厚。十月怀胎，一朝分娩；数年如一，精心喂养，呕心沥血；望子成龙，望女成凤，极尽财力，极尽精力；绵延一生，倾尽余生，照顾后代。一生操劳，操劳一生。百事孝为先，爱父母，敬父母，感恩父母，是为人子女最基本的操守。

感恩伴侣的扶持之恩。如果以一生来度量，爱人可能是陪伴我们最长久的人。在人生这场漫漫征途中，有一个人能和你相伴相守，困难与共、快乐同享，无论疾病还是贫穷，始终不离不弃，相互陪伴、相互鼓励、相互扶持，虽有争吵，但也是吵后还是浓情，骂后还是蜜意，直至白头，最后手牵着手走完这一生。人生之幸，莫过于有这么一个单纯的、傻傻的，深深地爱着你的一个人。

感恩伯乐的提携之恩。千里马常有，伯乐不常有。谁不想红衣白马、意气风发？在没有发迹之前，遇到一两位赏识自己并不断给自己机会的伯乐，一路教诲、一路帮带、一路提携，直至你走向成功，这是你人生的贵人，是你一生中最大的福气。一有成就，定要饮水思源。

感恩好友的相知之恩。人生路上，友不在多，贵在真。大浪淘沙，走到人生下半场，仍然能够走在一起，一起笑、一起乐、一起喝酒、一起聊天，你成功不嫉妒，你萎靡不无视，你幸福了更高兴，你痛苦了来陪伴，你遇挫了在身边，虽然你的缺点很多，但还是那么欣赏你、喜欢你，愿与你一路有说有笑。如果你有这样的朋友，请一定心怀感恩，加倍珍惜。

　　感恩对手的激励之恩。不要想着"既生瑜何生亮"，新时代应是"既生瑜又生亮"，有了对手的存在才有奋进的动力、超越自我的勇气、突破自我的胆气，才不至于在激烈的竞争中落伍，不至于在舞台上毫无生机地"独孤求败"。竞争对手不只是你的对立面，更是把你推向胜利的力量。感谢对手，他们是逼你走向胜利的重要推手。

　　感恩生活，生活将赐予你灿烂的阳光；感恩父母，父母将收获更有质量的幸福；感恩朋友，朋友将给予你更深情的拥抱……

　　心怀感恩，一切都会变得更加美好。

即使不懂感恩，也请别背后捅刀

曾国藩曾告诫："勿以小恶弃人大美，勿以小怨忘人大恩。"

心怀感恩，才能福来福往。不懂感恩，也请修行自渡，千万别背后捅刀。

人心不足蛇吞象

世人讲："斗米养恩，担米养仇。"

意思是，在一个人饿得快不行的时候，送去一斗米让他活了过来，他会记住你一辈子；但若一下子就给太多的米，只要以后的关心稍有怠慢，比如米送少了，就会养出个仇人来。

明星孙俪，曾资助过一个贫困少年。当时，少年正上高一，却在餐馆最肮脏的角落刷碗，只为换来一顿饱饭。

心善的孙俪心疼少年，便开始资助。然而，得知孙俪的名气，进入大学的少年欲望便开始膨胀，把孙俪当成了摇钱树，谈恋爱要钱、打游戏要钱、买新款手机也要钱，狮子大张口般不停地向孙俪要钱。野心喂大了之后，永远也不可能喂得饱，孙俪看清男孩的品性后便停止了资助。

可气的是，少年恼羞成怒，联系媒体爆料，还在网上编造黑料造谣报复，用道德舆论绑架孙俪一家，让孙俪陷入了道德的"洼地"。若不是后来不断的澄清，恐怕还真要背上黑锅和骂名。

受伤的孙俪从此再不敢轻易资助他人，把爱心转移到了流浪的猫猫狗狗身上了。

我们谁都不喜欢"白眼狼"，可当初帮助他们的时候，他们脸上都没有贴"白眼狼"的标签，相反还是一副楚楚可怜的弱者形象，让人心生怜意。

但往往就有这种"人心不足蛇吞象"的"白眼狼"，也许他们认为我们"有"，有能力、有财力，帮人就是张嘴打打电话、掏包甩甩票子般非常容易；也许我们一开始就给予多了，让这些人产生了"就应该"的感觉。一旦不能满足他们的欲望，便黑了心、败了德，演出一幕幕"农夫与蛇"的故事，寒了世人的心。

对这样的人，我们需提高警惕，擦亮眼睛，多方考验，该止损立即止损，莫让良心喂了狗。

一朝被蛇咬，十年怕井绳

"送人玫瑰，手有余香。"助人之人，胸怀善意，心中常驻暖意。

在我慢慢有能力时，我愿意帮人，也乐于帮人，只要能帮，只要不违反原则，能帮肯定帮。这些年来，帮了不少人，也成就了一些人，但也遇到过一些烂人，帮了他们不但不懂感恩，还在背后插你一刀。

一位同学，好几年没怎么联系，突然间找到我，要我帮他解个围。

听了需帮的忙，我表示为难。在我不愿接电话的时候，他一次可以打上十几个电话，直到把我电话打爆。一念之间，我心软了，到处为他求人，难度可想而知。但还好，事最终还是成了。

他给我发来一个微信红包，我当即给予了退还："以后请我吃几顿饭就行。"

当我半年后出差路过他工作和生活的地方，电话打过去，他却说，在打牌，一时走不开。

我默默地挂了电话，谁差一顿饭。可让我意外和恼火的是，他竟在同学圈中说我装，甚至还有些更难听的话。

再一位，曾经同一间办公室的同事。一直以来，我就没少帮他，在我想尽办法帮他圆了最终的梦想之后，他开始在我面前翘尾巴了。

工作上的事情，不是找理由说干不了，就是说自己不会，本是他的工作，竟都是我代劳了，最后演变成我替他"打工"。我加班，他开心地正常下班；我完成的工作，他拿着我的成绩向领导邀功。

因为一件工作上的小事，我终是没能控制住情绪，狠狠地批评了他。让人难受的是，事后又上演了一场"农夫与蛇"的故事，他不断地在背后添油加醋揭我的短，说我的种种不是。

从此，我们变成了路人。

一朝被蛇咬，十年怕井绳。现在，对于来求我帮忙的人，我总会在帮与不帮之间徘徊很久。

不懂感恩，就如无源之水，无根之木

俗话说："帮你是情分，不帮你是本分。"

念及情分而帮，说明讲感情；若不帮，肯定也是有缘由的，请理解。

在这个世界上，从来没有什么是必须应该的，也没有什么事是很容易的。有些人本来在经济和能力方面只是比你好一点，你找到他，他能好心帮你，完全是念及情分，这种情分并不能用金钱来衡量，背后说不定动用了很多人脉，拐弯抹角找了很多人，才帮你解了围。

当念及情分，想尽一切办法，费尽几多周折帮了你的忙后，请别虚情假意地感谢，虚情假意只会让人生厌。即使虚情，即使假意，也别背后插刀，当典型的"白眼狼"。这不仅损了你的形，还败了你的德，更让帮你的人特别难受。认清你的为人和本性后，以后谁还愿意帮你呢？

"树高千丈，从不忘根。"感恩之人，不忘恩。因为恩就是他的发源。不懂感恩，就如无源之水，无根之木，终有"枯"的那一天。

　　广东一大老板赚了钱回到家乡，为表达对父老乡亲从小对他的养育之情，他给每家每户建了一套别墅。原以为，他们也会如同他一样知恩感恩，没想到换来的竟是变本加厉的索取。

　　个别人本有一套别墅，还大开口再要一套别墅、一辆宝马车，说是给儿子结婚用，儿子还没房子住。面对狮子大开口，大老板闭口不言。这些人便在背后乱议乱评，还在背后说三道四，颠倒黑白，以至于这位大老板再也不愿返乡了。

　　曾国藩说："勿以小恶弃人大美，勿以小怨忘人大恩。"意思是不要因为别人小小的缺点就忽视了他的优点，不要因为小小的恩怨就忽略了别人的大恩。

　　对别人的赠予和帮助，我们要懂得珍惜，千不可万不该一味索取。对你有恩之人，即使对你有冷落，有批评，有指责，也都不要太介意，介意了就变味，介意了就没了感情。想想当初，人家是怎么帮你的，想想你的成就究竟是怎么来的，多想想帮你人的好，多反省反省自己的不是，大度、大量，终会豁然开朗。

　　记住，懂感恩，你将拥有最大的福报；不懂感恩，也别在背后捅刀。

什么都不争，唯争一口气

前些年流行一句话："不蒸（争）馒头蒸（争）口气。"

馒头代表着物质和名利，不蒸（争）馒头，意思就是不唯利是图；蒸（争）口气，意思就是要有斗志，要奋进，不要服输。

争来争去，争到啥？

鹬蚌相争的故事大家耳熟能详。

鹬和蚌相互咬着对方，谁也不让谁，就这样一直僵持着。渔夫见了，窃喜，一把就把它俩给抓走了，都成了他的下酒菜。

争来争去一场空，反害了卿卿性命。

现实生活中，相争的事情天天都在发生，时时都在发生，处处都有身影。

争什么？争高低，争对错，争是非。图个口舌之快，最后发现，争赢了，夫妻感情淡了，朋友情义没了，争的是理，输的是情，伤的是自己。

争什么？争名利，争钱，争权，争女人。可最后发现，权争到了，工作责任更大了，压力骤增了；钱争到了，身心更累了；名争到了，比以往更忙了；利争到了，却不心安了；女人争到了，幸福不见了。

你绞尽脑汁，处心积虑，钩心斗角，甚至你死我活，最后发现争到的东西并没给自己带来尊严、快乐和幸福，反而让自己身心俱疲，身体透支，心态扭曲。

哲人常讲淡泊名利，知足常乐，就是要求大家把这些身外之物看淡点，看轻点，不要争，更不要争个你死我活。《增广贤文》也说道："良田千顷不过一日三餐，广厦万间只睡卧榻三尺。"人最大的福，应该追求个清福就行，清清淡淡、平平淡淡。可往往很多人不明，偏偏人为财死，鸟为食亡，欲望深重，争到了最终落得个"死"与"亡"。

秦相吕不韦，本是巨商，富可敌国。当个商人多好，却偏偏对权力产生了强烈欲望，通过辅助嬴异人走上了政治舞台，靠近了权力中心。开疆土、揽人才、著《春秋》、储粮草、利兵事，为秦统一天下立下了汗马功劳。可偏偏人心不足蛇吞象，最终在与李斯等权贵的争斗中败下阵来，落得个自杀身亡的下场。

常言道："举头三尺有神明，善恶到头终有报，只争来早与来迟。"有争就有斗，有斗就有伤，有伤也就可能有死。作恶过多，迟早要还，还不如当初清心寡欲，不争不抢，耳根清净，享享清福。

不争，就是最好的争

老子说："天下之道，不争而善胜。"

你不争，往往就赢了。

晚清四大名臣之一、号称"无竞居士"的张之洞，在他为官处世的几十年里，始终坚持着自己"三不争"的原则：不与俗人争利，不与文人争名，不与无谓之人争闲气。这样的不争，反而提升了自身境界，抬高了自身身价。

知名作家杨绛，不管是对爱情，还是对文学，对社会，对生活，都以"不争"为准则。"我和谁都不争，和谁争我都不屑。"正是这种超然，这种洒脱，这种领悟，这种深刻，让世人敬仰，让无数读者崇敬。也正是因为这样的"不争"，让她的作品更受读者喜欢，让她自己活得更加超然，活到了105岁，活出了新时代精神领袖女性的风采。

前不久，我在组织生活会上提出了"四不一好"准则，不争不抢不要不拿，好好工作。不争，就是不争名，不争利，不争位，不争风头，任凭单位的同事锐意表现，我只干好我该干的。我甚至在内心清高地自警："宁为大树，何与草争。"争啥争，争了，事就多了，心就乱了，气量就小了，压力和纷杂就来了，闲言碎语就多了。不争，把自己退得后后的，反而上下一身清爽，心头一片宁静，工作反而也干好了，笑脸反而也更多了，同事间的关系反而处理得更好了。

争，是因为欲望，因为弱小；真正的强者，不屑于一争，也不会去争。争什么呢？与天争，自不量力；与人争，负重一生。不属于你，争也争不来。

不争，是心态平和、凡事洞开的超然，是心存高远、宁静致远的豁达，更是自身强大、不屑一争的洒脱。

不争，是以退为进，是水到渠成，还很可能"鹬蚌相争，渔翁得利"，也很可能"守株待兔，坐享其成"。不争，属于你的，不请自来。

人生真正的价值，不在于拥有多少财富，而在于身体的健康和内心的丰盈。

什么都不争，唯争一口气

漫漫人生路，绞尽脑汁、想方设法、不择手段争来抢去的名与利，到最后也只是一片浮云，与其执念一生，不如一笑释然；与其纷争恶斗，不如退避三舍。

争什么？什么都别争。争了是累，争过了是罪，但唯有一争，就是争口气。这口气，是志气，是上进，是进取。

什么都不争，并不意味着什么都无所谓，就连上进的志气都不要了。人没了志气，就如同树没了树叶，动物没了脊梁，人没了方向、没了目标、没了精神、没了斗志，哪有什么青春可言，哪有什么成绩可取，还拿什么来立世？

人，可以什么都不争，但唯独志气要争。有志气，就有上进的动力和激情，只要努力奋斗有了成绩，是谁都会令你另眼相看，就连全世界都会对你和颜悦色。

志气之争，争在精神层面，争在心胜。目光炯炯、神采奕奕、斗志昂扬，激情自然油然而生，信心自然十足。

志气之争，争在率先行动，争在行胜。看准了就干，干就干早，干就干好，干出成绩，干出成就，干出一番新天地。

志气之争，贵在抛弃世俗，重在不争名利，不争高低，但在学习、工作、训练中绝不当软蛋、当怂包，别人行的我也行，别人会的我也会，别人懂的我也懂，靠积极进取的姿态、昂扬向上的精神、美好坚定的信心、坚定有力的行动，开创人生另一种美好。

什么都不争，唯争一口气，看似也在争，实则只是让自己保持积极向上、积极进取的状态，好好干好工作，不落伍不掉队，不被他人轻视。

只此而已，其余结果什么的，都顺其自然，释怀安然。

若有梦，先买梦想再买房

房价永远是我们心中一个大的痛点。当你有点现金时，是先买房还是先创业？不同人有不同的想法。但你若有梦，我的建议：先买梦想再买房。

早买房的偷着乐

十年前，海口的房价还只是四五千元一平方米。便宜吗？对于当时我们不到两千元的工资水平来讲，也是不敢下决心的。

干部小张准备结婚，苦于没婚房。未婚妻把俩人的钱一凑，发现连付个首付都难。

小张想了想，反正部队有公寓房住，再等个几年，等首付攒够了再说。可未婚妻不答应，结婚连个房子都没有，结什么婚。紧接着，未婚妻又用美国老太太和中国老太太买房的故事，给小张洗了洗脑。

小张听听也在理，找双方父母凑一凑，说不定能付个首付，再贷个款，房子不就买了？俩人热血一上头，便下了决心，找双方父母和亲戚一努力，凑了个首付，买下了一套市中心的学区房。

结果三年后，国际旅游岛建设升温，海南的房价一夜之间就翻了一番。现如今，随着国际自贸岛建设政策落地，海南的房价又在腾飞。因小张两口子买的是市中心的学区房，价格直接涨了四倍。

说到现在的房子，小张捧着"一百颗红心"感谢妻子："还是老婆英明，早买早安心，早买早享受，早买赚大了。"

与小张同时分配到部队的同事小李，事隔4年后，看着房价一路持续飙升，不得已狠下决心买了一套，付的钱却是小张的3倍。俩人一见面，一说到房子，小李酸溜溜的："早像你一样，把房买了就好，现在我可比你多付百万元啊！"

没买的，也坦然也焦虑

朋友小杨两年前在银行贷了100万元，在海口买了一套二手房，按照当前的贷款利率，每月要向银行偿还近6000元，30年算起来总共要给银行还近200万元。小杨每月工资不到一万，房贷加车贷加生活费，月月光。现在，既不敢生病，也不敢交友，更不敢下馆子，整天只能是上班和回家两点一线，每天像个陀螺一样奔波在赚钱、还钱的路上。

买了房的为房成奴，没买房的为房焦虑，但也有少数不为所动。比如说小杨的同学小王，就在海口租房，虽也有过没房的焦虑，但口袋空空也无奈，干脆无所谓，该工作工作，该开心开心，过得极为洒脱。

"花钱买房，住着是一辈子；花钱租房，住着也是一辈子。有钱就买，没钱干脆洒脱点。"小王像个及时行乐猴，言语中充满着生活哲学。

不是不想买房，而是口袋空空根本买不起。房子，是所有人的痛点，高房价，让很多的年轻人望尘莫及。买了房的，变成了地地道道的房奴，整天为还房贷而忧心忡忡，压力重重，过得并不幸福。

而没买房的，虽没有多大的压力，但也有所焦虑，焦虑"广厦千万间，却没有一间是自己的"。

房啊房，什么时候是个头？

若有梦，就别让房子给毁了

买还是不买，我倒觉得，先看实力，有实力就买，如果跳一跳才能够得着，就看你还有没有其他的大梦想，比如说创业。

世界首富巴菲特的故事就值得借鉴。

巴菲特工作了一年后，遇到了心仪的对象苏姗。两人谈婚论嫁，未婚妻想先买房。巴菲特揣着仅有的 1 万美元，给出了两个选择：花这笔钱买个小房子结婚；租房结婚，先拿这笔钱投资，等过几年赚钱了再买房。苏姗选择了第二种。

租房 4 年后，巴菲特成立了自己的公司。又过 4 年，公司开始获利，巴菲特花了 3 万多美元买下了奥哈马的一座小灰楼。又过了 2 年，巴菲特赚到了人生第一桶大金——100 万美元，可以换大房子了吧？巴菲特还是没有，继续把钱投入事业中。2008 年，巴菲特创下了 620 亿美元的资产，成为世界首富，但他们一家依然住在那座灰色的小楼中。

如果先买房，就没有钱投资事业；没钱投资事业，也就不可能有世界首富巴菲特的问世。

在国内，很多有梦想的成功创业者也是先创业再买房。

1998 年，马化腾等 5 人凑了 50 万元，创办了腾讯；1998 年，深圳的房价才 3000 元一平方米。如果马化腾拿着钱在深圳买了房，还会有成名的马化腾？

1999 年，马云团队凑了 50 万元，注册了阿里巴巴。如果马云把钱用在了买房上，还会有现在的阿里巴巴？

不买房，买梦想。这是有梦想的人的选择，就连王石这样的富翁也这样劝诫年轻人："对于那些事业没有最后定型，还有抱负、有理想的年轻人来说，40 岁之前租房为好。"

如果有钱，只是追求安稳，只追求过个小日子，小富即安的那种，先买房才能安居乐业。但如果有梦，还只刚踏入社会，还是不要急于买房，若让房子把梦给毁了，后悔一辈子。

所以，若有梦，先买梦想再买房。

诚于"拙"和"守拙"

曾国藩言："天下之至拙，能胜天下之至巧。"守拙和藏拙，是质朴、低调和实诚的"代名词"，懂得守与藏，最是人生大智慧。

"拙"到极致就成了"巧"

愚以为，历史上守拙的典型代表，非曾国藩莫属。

曾国藩可以说是资质非常平庸之材。用他好友左宗棠的话，"欠才略""才太短""才艺太缺""兵机每苦钝智"；用他学生李鸿章的话，"儒缓"，做事反应太慢。就连梁启超都如此评价："文正固非有超群绝伦之天才，在并时诸贤杰中，称最钝拙。"

关于曾的"拙"，有一个很生动的典故。说某夜，曾点灯背书，一贼摸黑潜入其家中欲行窃事。见房中有灯，一小孩背书，不敢轻易下手，便躲在房梁上等其背完书熄完灯后再下手。可偏偏就这短短十几句的文章，曾抓耳挠腮数小时就是背不出来。贼躺在梁上一夜，一直等到快天亮，气不打一处来，遂跳下梁来，一边背着曾背的文章，一边摇头晃脑、大摇大摆地走出了书房。

曾拙，也懂"守拙"，踏实勤勉，日日上进，终于28岁中了进士。在京为官10年，坚持"守拙"，从一个普通的翰林，连续提拔7次，提了十级，官至吏部侍郎。后又先后历任两江总督、直隶总督，直至官居一品。

太平军擅奇谋、擅野战，清朝廷多次派军围剿不利。曾带领湘军每攻打一城，先修一尺厚八尺高的墙，再挖一尺深的壕。修墙用来防火炮攻击，挖壕用来防止马队攻击。第二日，往前推进一段路程后，又修墙挖壕。如同巨蟒缠人，用一道一道壕沟把城困死。就是这种结硬寨、打呆仗的办法，缠得太平军毫无应对之策，以致最后兵败，使清朝又延续了五六十年！

这就是曾国藩的"拙"，"拙"到极致就成了巧。

不显山不露水

拙，给人的印象是平庸、愚笨，很多人并不喜欢，有时甚至会遭受轻视和无视。很多的年轻人，稍稍有点才就不得了，恃才傲物、锋芒毕露，最终"枪打出头鸟"。

而那种懂得守拙的人，虽然表面上不怎么被看好，但往往能给人不设防的安全感、稳重放心的踏实感，事情交给他放心。而那种最具智慧之人，往往就是古语所云"大音希声、大象无形、大智若愚"的集大成者，明明有锋芒，却又能够收放得体，敛藏适度。

我在团机关工作时，遇到一位新调进的朱姓同事。长相普通，说话随和，给人的第一印象，就是比较好相处的那种。

他一进机关，就像个小学生般谦虚地向大家请教这请教那，对交代的工作积极主动，每天与大家加班加点，还时常给大家买点夜宵，工作出了差错，主动承认错误，有时明明不是他的错，还把错揽在自己身上。

最重要的，相处不久后发现，朱原来是一位有思想有才华的"笔杆子"，在向我们学习和请教了三个多月后，就能独自完成领导交代的材料，且水平并不比我们这些老机关差。

我好奇，这明明是位才子，为何偏偏在我们面前如此调低？一打听，原来是毕业于文学系的高才生。即便如此，他还始终以一名学生、一名新兵的身份，积极主动向我们讨教，谦虚低调向我们学习，为了一篇材料日夜加班，反复推敲；工作被领导表扬了，常把"都是老同事们带得好"挂在嘴上，事后还会找机会给大家买夜宵表示感谢。

就这样过了两年，在他成为单位名副其实、讨人喜欢的顶梁柱后，在一次偶然的机会，我得知了他的身世——大领导的儿子、显赫的官二代。

"你明明有才，为何那么谦虚；明明有靠山，为何屈尊于基层单位？"

他说："我明明一般，是你们高看了；明明就一普通干部，一切靠自己最好，不需要倚仗大山。"

在我眼里，他的才华已经完全可以胜任高级机关了；在我眼里，他也可以一步到位调到高级机关；在我眼里，他还可以平步青云。但是，他就一直默默地、拙拙地、低调地，不显山不露水地、一步一个脚印地，在基层老老实实干了八年。

《菜根谭》言："藏巧于拙，用晦而明，寓清于浊，以屈为伸，真涉世之一壶，藏身之三窟也。"

藏巧于拙，藏得深，藏得巧，不断积蓄才华、积蓄能力、积蓄好评，让大家一步一步喜欢、欣赏、崇敬。

我叹服。

诚于心，而后谦于行

唐宋八大家之一的苏东坡曾慨叹："人皆养子望聪明，我被聪明误一生。"人，太过聪明，反被聪明误。守守拙，大智若愚，反倒高明。正如《道德经》所言："大巧若拙，大成若缺。"拙诚，求阙，最为贵。

语言学家、词学研究权威夏承焘的治学之道——"笨"。"'笨'字从'本'，笨是我治学的本钱……一部《十三经》，除了其中的《尔雅》外，我都一卷一卷地背过。记得有一次，背得太疲倦了，从椅子上摔倒在地。"

有"京剧天皇"美誉的戏曲家梅兰芳也曾说："我是一个拙劣的学艺人，没有充分的天才，全凭苦学。"

这就是越有成就，越是超拔脱俗的高人，越懂得"拙诚"。

对于"守拙"，我总结有二：

智慧一般般，那就拙拙地为人处世，该踏实就踏实，该老实就老实，该务实就务实。不投机取巧，因为投也投不来；不弄虚作假，因为弄也弄不来；不虚与委蛇，因为虚也虚不来。

智慧上上的，那就低调地待人为事，该低调就低调，该退后就退后，该平淡就平淡，该隐忍就隐忍。不鹤立鸡群，会遭敌；不鹤舞九天，怕箭射；不木秀于林，怕风折。

最后想说的是，资质本拙也好，聪慧守拙也好，都应不离一个"诚"字：诚于心，而后谦于行。

行善也有学问

有人说，世上有两件事不能等，一孝顺，二行善。人，因善而美。我们提倡行善，但善也要善得有方，善得有度。

当行善遇到无德无耻时

听到一个行善的故事，结局却令人十分心酸。

故事的主人翁叫丛飞，感动中国人物，乐善好施，竭尽所能，用他微薄的力量，资助了近两百名山区贫困学生，捐款多达300万。而他自己，家徒四壁，一贫如洗。

好人有好报。但命运之神偏偏喜欢戏弄和捉弄好人。

2005年，丛飞被确诊为胃癌，原本一贫如洗的家，突然雪上加霜，陷入了冰窟。

治疗需要一大笔费用，丛飞的朋友想到了丛飞曾资助过的、现已工作的学生。电话打过去，介绍了丛飞的情况后，电话那头却是冷冰冰的回复："我知道了，让他安心养病吧""我现在工资才三四千，我没办法帮他。他当初资助我的时候，也没说过要回报啊""我没钱，也没空去看他，不要再打过来了"……

更为恶劣的，躺在病床上的丛飞，还接到了被资助学生的家长催款电话："你不是说要将我的孩子供到大学毕业吗？他现在才读初中，你就不肯出钱了，你这不是骗人吗？"

丛飞的家人解释丛飞得了癌症，急需要钱看病。家长却继续不依不饶："那你问问他，什么时候治好病出来挣钱？"

估计谁听了这些话，都会骂这些人；估计听到这些话的丛飞，早已心如刀绞，痛彻骨髓。

好事做尽，钱款捐尽，给他带来的却是寒冰彻骨的失望和痛苦。

行善之度

古训说得好："斗米养恩，担米养仇。"

意思是，在一个人快饿死时，给他一斗米，让他活下来，他会感恩戴德，视你为恩人；可如果一味地对他好，一直帮下去，他就会把你的好当成理所当然，一旦哪天不帮他了，他会视你为仇人。

换句话说，对一个人的好，对一个人的善，要恰到好处，适得其"度"，否则过犹不及。

佛禅中有这样一个故事：

一日打坐讲禅，大师向大家提了个问题："禅院附近有一只小山羊受了伤，许多山羊从四面八方赶过来看它，有些山羊还决定留下来长期照顾它。你们看看，这只小山羊最后会过得怎么样？"

众僧细嚼，领悟了大师的禅意：乐善好施，必有福报。随即脱口而出："小山羊肯定过得很好，长得膘肥体壮，它也一定会心生感激来回报照顾它的山羊。"

大师听后，平静地摇了摇头："这只小山羊最后死了。"

众僧不解："怎么可能？"

"它饿死了。"大师说，"山羊多了，就得吃很多的草，而禅院附近的草并不多，时间久了，这只体弱的处于身体恢复期的小羊肯定啃不过其他山羊，最终会因食不果腹而死。"

众僧陷入了沉思。

大师继续补充："行善有度，恰到好处。"

众僧顿悟。

我的悟，这个"度"，俗一点讲就是不帮多，刚刚好。多一分则纵欲，让其贪得无厌；少一分则不济，帮不到点上，帮不到难上，帮不到心上，产生不了实际作用和效果，让人并不感激。

这个"度"，现实一点讲，就是他需要二十元钱，即使你手中有一百块钱，也只得给他二十元；就是他只身一人需要上医院紧急就医，即使你很有空，你也只需开车或叫车送他上医院，带他或帮他挂好号，需要一千元就借一千元，其他的，交给他的家人来；就是他只需要你提供一个电话号码，即使你与他想联系、想交往、想请帮忙的人交情很深，你也顶多提供一个电话。

行善有度，刚需刚好，自行把握。

行善之方

话说从前，有位禅师在水边打坐，突然听到异响，是一只蝎子掉落水中，正拼命挣扎。

禅师伸手将蝎子捞了出来，却被蝎子蜇了一下。禅师心想，这只是一只无脑无思想无感情的昆虫，并不会因为被救而心生感激，蜇与不蜇只是它的本能，便忍着痛轻轻将其放在了地上，继续打自己的坐，悟自己的禅。

不一会儿，这只蝎子又落水了，禅师又伸手将它捞了出来，又被蝎子蜇了一下。又一会儿，蝎子又落水了，禅师又伸手将它捞了出来，又被蝎子蜇了一下。

有个渔夫见了，很不解地问禅师："蝎子一而再，再而三地蜇你，你为何还救它？"

禅师说："蜇人是它的本性，慈悲是我的本性。"

这时，蝎子又落水了。禅师正要伸手去捞，渔夫抢先捡了根树枝伸到了水中，蝎子顺着树枝就爬了上来。

渔夫说："慈悲没错，但首先要对自己慈悲，好好保护自己，才能对众生慈悲。"

行善是好事，但也得有方法，先得看好对象。对并不懂恩不讲恩的人，不帮或是少帮为好；对本性不纯良之人，也仅只见机而帮，正如"禅师与蝎"，救了蝎，蝎会蜇你，好心反害得自己疼痛；对别有用心的害人、吃人之人，有多远离多远，正如"农夫与蛇"，救了蛇，蛇会咬你，好心反害了自己性命。

中国有句古话："帮困不帮懒，救急不救穷。"帮人，帮在有困难，有急需之时。饿之将死时，是一碗面、一顿饭的恩；通信不畅，家人不安时，是捎个话、带个信的恩；钱包被偷时，是给个回家的路钱和饭钱，针对性地雪中送炭。对又懒又穷之人的解囊相帮，只会让其贪得无厌，最终形成无底洞，让你在劫难逃，万劫不复。

提倡行善，更提倡理性行善。

请一定要守时

高尔基说："世界上最快而又最慢、最长而又最短、最平凡而又最珍贵、最容易被人忽视而又最令人后悔的就是时间。"时间，要珍惜，也要坚守。懂得珍惜，业才有所成；懂得坚守，方讲诚信和信誉。

守时，是一种美德，也是一种成功。

纯属意外的迟到，让人非常的"窘"

记得墨菲定律中有一条，当你越想把事情干好，越不想出差错时，就越有可能出差错。

同事小张，就遭遇了这样的窘事。

一次赴外执行任务，因计划有变，小张受命于上级一大领导指挥。

小张深知，这是第一次与大领导合伍，印象分非常重要，必须竭尽全力把任务完成好。出发前，他还对自己提了要求，一定要强化执行力，确保能给上级领导留个好印象。

可很多事情都往往事与愿违。小张再怎么刻意，还是出了差错。

领导身先士卒带队到一线执勤整 3 天，轮到小张的第二梯队换班了。根据路线和路程，他提前半天把队伍部署到了一线附近候命，并要求队伍必须提前二十分钟接完班。

接班前，小张仔细计算了一遍，他们的距离只有十分钟的路程，队伍提前半小时开拔，完全没问题。

可千算万算，还是忽视了另一个细节，车子出现了意外故障，再次启动怎么都打不着火了。世界上最大的距离，不是千里万里，而是偏偏目的地就在眼前，却不能快速到达。

车修好已经是四十分钟后了。第一次交接班，小张就这样整整迟到了二十分钟。

他只能无比懊悔地不停向领导解释和道歉。

也许是第一次合伍，领导给小张留了面子。但小张深知，他在领导心中的第一印象分已为"零"，说不定已心生了"成见"，就算以后再小心翼翼，再谨小慎微，也有可能因哪个环节的不周到、不细致而挨批。

小张的感觉很快就得到了印证，第二次换班、第三次换班……整个任务期，领导在一些小事上，对小张的工作进行了不同程度的批评。

意外的迟到，丢掉了自己想争取却没能争取到的印象分，使自己陷入了被动，工作干得再好，任务执行得再圆满，在领导心目中的印象都已经一般了。

你的不守时，可能将断送你原本美好的未来

博恩·崔西在《吃掉那只青蛙》里这样写道："你对待时间的态度，即时间观念，对你的行为和选择有着重大的影响。"

在时间就是金钱，时间就是生命，守时就是守信，守时就是守责的社会里，你对时间的态度和行为，很大程度将影响你的锦绣前程。

外甥在家赋闲多年，成家后生娃带娃久了，厌倦了当下的生活，从父母手中借了点钱，创立了一家装修建筑公司。

公司规模不大，成立不久名气小，业务也少，半年多只接了一两单熟人的新

房装修。

为拓展业务，外甥大部分时间周旋在建筑和装修界大老板中间，钱花了不少，酒喝了不少，单子却一直没着落。公司要运营，人员要工资，业务拓展要花钱，可大半年来，钱没赚着，还花销了一大笔。

周转不来时父母带着他专程找到了我，想请我帮忙拓展拓展。想了一圈战友，记起我曾带过的一退伍兵回乡在搞建筑。电话一打，老兵念及我曾帮带的情谊，满口答应了下来："正好有栋楼要装修，可以的话让他试试……"

约好第二天见面的时间和地点后，外甥及其父母高兴得不得了。可一周过去了，外甥也没见回音。其父母着急，要我再给战友补个电话。

打过后才知，外甥当天回去后，晚上兴奋地喝高了，第二早约好9点见面，他却整整迟到了1小时。

老兵有些歉意地说："老领导，不是我不帮你，我给了他机会。您以前不也是教导我，要有时间观念，一个连时间观念都没有的人，能办什么大事？我这几百万的工程能放心交给他？"

事关自己前途命运的事，都可以随意地迟到，那面对将来要担当的大事，又怎敢放心交给他呢？

我沉默了半天，也没好意思再张嘴。

坚持提前五或十分钟

当下，很多单位，特别是企事业单位，都有一种时间提前制度。比如说万达，就有一项不成文的制度规定：下级必须比上级早到五分钟。

一次，有个万达的副总参加董事会，他准点到达会议室，但是所有董事都用异样的眼光看着他，他心里直发毛。

第二次，他提前了两三分钟到达会议室，仍被所有在场董事行"注目礼"，心里十分不好受。

后来，每次集会，他至少提前五分钟到场。

在部队，我们也有一些单位有一项不成文的规定，那就是不管是操课、集会、上教育，只要是集体活动，人员至少要提前五分钟整队完毕，有的单位要求提前十分钟。

我在团机关工作时，记得有一次上团政治教育课，有个连队集合报告的时间晚了仅仅 10 秒钟。

"把你们全连带出去，再整队进来。"领导当场发了飙，叫该指导员把队伍带出去再整队报告进来，并当着全团官兵的面，不留一点情面狠狠批评了该连的拖沓作风，叫该连官兵全程站着听课。

从此，全团没有一个连队再有迟到的事。

鲁迅先生曾说："生命是以时间为单位的，浪费别人的时间等于谋财害命；浪费自己的时间，等于慢性自杀。"

所以，请一定要守时。

守时，不只是对时间的遵守，还是对自己人生的负责、对自己人品的见证，藏着一个人最大的教养。

守时，不只是一种态度，还是一种品质、一种习惯、一种力量。

守时的人，不一定很优秀；但优秀的人，一定很守时。

永远，一定，不让坏情绪毁了自己

有人说："人人都懂大道理，却难以控制小情绪。不成功，不是因为懂得少，想不到，往往是因为缺乏控制力。"

一个人能否过得快乐、取得成功，很大程度也取决于情绪。

真正的弱者都在被坏情绪左右

杜月笙说："头等人，有本事，没脾气；二等人，有本事，有脾气；末等人，没本事，大脾气。"

深以为然。

因为层次不高，所以没本事；因为没本事，所以难以强化心性；因为难以强化心性，所以容易被坏情绪左右。要么陷入自卑、抱怨、抑郁、愤怒的深坑，要么掉进滚动式互责、互骂、互掐、互殴的泥潭，若不能很好控制，最终丧失理智，一发不可收拾，结果不可设想。

看看身边的单位，往往是大领导对下属指责批评后，坏情绪一级左右一级，上一级传染给下一级，最终滚动式地发泄到了最弱者身上。

看看身边的亲朋，往往是情感非常敏感、心性不够成熟的弱者，会很在意他人不良的只言片语，最后被坏情绪左右。

看看周遭，往往是那些从事繁重体力劳动者或是事业受挫的弱者，遇到了烦心事、闹心事、不顺心事等等，动不动就来了坏情绪。

公司一经理因晚起而赶时间，因赶时间而闯红灯，因闯红灯而吃罚单，因吃罚单而情绪变坏。来到办公室，对工作不周的秘书进行了痛骂。秘书甚感委屈，把前台小姐一顿狠批。前台小姐心情极劣，将坏情绪转嫁到了公司职位最低的清洁工身上。清洁工的心情坏了起来，但她没有人可以骂，只好憋着一肚子闷气。回到家，看到自己正在上初中的儿子不务正业，当下将儿子狠狠地教育了一通。儿子气不打一处来，看到家里的那只大懒猫正盘踞在自己的书桌底下，怒上心头，狠狠一脚将猫踢得老远。没有犯下任何错误却无故遭殃的猫儿百思不得其解：我做错什么事了吗？

这便是现实生活中血淋淋的"踢猫效应"：所有弱者都在将坏情绪一级转向一级，最终恶性循环转嫁到了最弱者的身上。

弱，是因为层次低，心性弱，不能控制好情绪、压制住坏情绪，只会将坏情绪一级传染给一级，最终以滚雪球效应不断扩散，影响你我他。

自我对照一下，你是不是就是那个心性弱、能力弱，轻易就被不良情绪左右的"奴隶"？

所有坏情绪的后果，最终都由自己买单

人生第一次的伤人事件，一辈子都忘不了。

从汽车教导队集训回到团里，原以为会和其他新战友一样分配到汽车连，当一名光荣且轻松的汽车兵。

然而，我被分配到了炮兵连，无比失落。更关键的是，连队都没做好接收我们的准备，连张床铺都没有。

那时候的我，失落、失望，再加上到了一个新环境，还要开始学习炮兵专业知识，既感不适又甚感压力。诸多的不良情绪交杂在一起，造成了我的逆反、压

抑和消沉。不多久，我就成了新单位的后进者，工作不积极、训练不认真、关系不融洽。

连队四周都是草坪，到了一定时间就得组织打草。班长把连队门前的一块大草坪分配给了我们几个新兵。大家都在认真打草，唯我表现得很不情愿，磨磨叽叽、懒懒散散，其中一名大个子新战友就看不顺眼了，指责中说了几句难听话。

我一下子就来了火，大吼一句后，抄起手中打草的镰刀就狠狠地飞了过去，不偏不倚飞到了这名新兵的耳根，顿时鲜血直流。我吓傻了，也吓蒙了，感觉整颗心"咚"的一声狠狠地掉在了地上，直愣愣得像个呆鸡站在雨中。完了，我伤人了……

过了许久，那名新战友抱着脸站了起来，手上全是血。还好，万幸，耳朵没掉。

清醒过来，我万分后怕和后悔。若是不动怒，会发生这样的"血案"吗？若是镰刀再飞高一点，战友的整个耳朵掉了怎么办？若镰刀再往左飞一点，眼睛飞瞎了怎么办？若镰刀再再往左飞一点，整张脸毁容了怎么办？其中任何一种不幸，战友的一生都将毁于我手，我的一生也跟着全毁。

坏情绪差点酿成大灾难。后怕，一万个后怕。

写到这，我还得再给这名战友深深地道个歉："对不起！"

事实证明：所有坏情绪的后果，最终都由自己买单。

那次之后，我成为全营的"个别人"，还成了被全连官兵孤立的"坏人"，也成了一辈子都在自我愧疚、自我谴责的"恶人"。

把脾气放出来，那叫本能；把脾气压下去，那是本事

拿破仑说："能控制好自己情绪的人，比能拿下一座城池的将军更伟大。"

坏情绪可能谁都会有，也许就是一两句伤人的话带来的，也许就是一两句刺耳的批评引起的，也许就是一件不顺心的事转化的，随时都可能产生，心性不强很难压制得住，但只要压制住了就是人生的强者、生活的智者。

每一个生活的弱者，都要认清它、压制它、与它和解，最终任凭他人指责、批评、羞辱、打骂，任凭坏情绪袭来，都能心如止水、荣辱不惊，成为刀枪不入的生活强者。

坏情绪是什么？是心魔。你控制不住它，你就成了它的奴隶，它随时会肆意发展，随时就如洪水猛兽，瞬间吞噬你所有的美好和幸福。

2018年2月，重庆某小区内，一对夫妻发生争吵。

妻子发怒开车离开，丈夫紧贴车头阻拦。丈夫不断捶打挡风玻璃，妻子情绪失控一脚油门猛踩。丈夫被撞倒后拖地十来米当场死亡，妻子事后一生悲痛："如果当初不那么生气就好了……"

是啊，如果当初不那么生气，控制住坏情绪，这场人间悲剧就不会发生。

心理学家罗纳德博士说："暴风雨般的情绪，持续时间往往不超过12秒。爆发时摧毁一切，但过后却风平浪静。控制好这12秒，就能排解负面情绪。"

如果在发火前，这对夫妻都能够在心里默数12下，平静12秒，深呼一口气，控制住怒气，哪会有这样血淋淋的结局？

人有七情六欲，情绪本身没有对错，但控制不当，就会像瘟疫一样，传染给任何一个无辜的人。

生气时，放一放，等一等，静一静。心中默念善意和美好："做人，宽容是一种美德，大度是一种福气""忍一时，方能收获内心宁静；退一步，才可海纳百川""怒不过夺，喜不过予"。念着念着，说不定心就静了，事就想开了，情绪就平稳了。

有道："心宁则智生，智生则事成。"心胜之法，还不外乎独自心宁，听听歌、散散心、跑跑步、读读书、吃吃零食，听着听着，散着散着，跑着跑着，读着读着，吃着吃着，结果啥都忘了，一切又都如常。

最后，引用一句："看清不如看轻，看透不如看淡。"

永远，一定，不让坏情绪毁了自己。

可不能当长鼻水鼠

伊索说："一致是强有力的，而纷争易于被征服。"

团结一致无往不胜，窝内争斗一败涂地。

长鼻水鼠，一种濒危的物种

长鼻水鼠，一听就知是那种长着长长的鼻子的老鼠，常年应该生活在水中，以小鱼、小虾、贝壳等为食。

真长什么样我还没见过，但印象中在一部动画片中有过一面之缘。听说此鼠有"活化石"之称，目前已成濒危物种。

过街老鼠人人喊打。老鼠因其偷食粮食，传播鼠疫等疾病，曾被我国列为四害之首，人人见之而诛。可是，千百年来，不管人类采用何种办法何种手段，下毒、下药、用电、用笼、用动物克星等等，万千手段齐上阵，老鼠似乎永远也灭绝不了。可为何这种长鼻水鼠却成了濒危动物？

天敌太多？不是。这种鼠把窝筑在成片的沼泽地里，很多天敌对它们无可奈何。是遭遇恶劣自然气候？不是，它们生活的自然环境好着呢。

终究是什么？科学家经过长年累月的观察研究得出了合理答案——窝里斗。这种鼠喜欢群居，看似团结和谐，却是心眼最小、最自私、最凶残的冷血动物。

不管是食物分配，还是在洞穴分配，它们都要计较，都要争斗，哪怕是一点不如意，都要露出狰狞的面目、发出恶狠狠的吱吱声，警示之后便是相互撕咬。其实，它们的撕咬并不能给对方造成多大的伤害，可怕的是它们那种置对方于死地而不计后果的行动——以自己为诱饵引诱天敌。

最终，这种毫不让步、毫不利己，完全置对方于死地的恶劣争斗行径，导致了整个种族的濒危。

单丝难成线，独木难成林

列夫·托尔斯泰说："一切使人团结的是善与美，一切使人分裂的是恶与丑。"

一个篱笆三个桩，一个好汉三个帮。正如《团结就是力量》："团结就是力量，团结就是力量，这力量是铁，这力量是钢……"咱当兵的，开会前要唱，开饭前要唱，集会前也要唱。

经常唱，时时唱，就是要帮助我们固牢一个理念：团结一致，同心同德，任何强大的敌人，任何困难的事情，都会向我们投降。

还记得训练之余，新训班长常带领新兵玩的一种游戏吗？全班集体绑腿走。

全班新兵肩并肩，手搭肩，用绳绑上两人并在一起的两条腿往前走上几十米。"预备，开始！""一、二、一、二……"如果哪个同志步调不一致，整个队伍就可能全部摔倒，只有团结一致、步调一致、用力一致，达到同心同力同向，同频共振勇往直前，最终才能以最快速度奋力奔跑到终点。获胜之后，全班齐欢呼。

游戏中，我们体会到什么叫集体，什么叫讲团结、讲友爱、讲互助、讲共进。

正所谓："单丝难成线，独木难成林。"我们团结一致，就是一座打不垮、炸不烂的钢铁长城。

谨防"窝里斗"，不当长鼻鼠

《增广贤文》有云："两人一条心，有钱堪买金；一人一条心，无钱难买针。"同心同德，其利断金；自私自利，难有成就。

再讲一讲一根筷子和一把筷子的故事。

一个老汉有好几个儿子，他们互不团结，经常发生争吵，老汉费了很大的劲，也无法让他的儿子们和和气气地生活在一起。

许久，他想出了一个办法。他让几个儿子拿来了一把筷子，然后要他们把这把筷子顶着膝盖折断。每个儿子都试了试，最后都无法折断。然后，他解开了捆着筷子的绳子，把筷子一根根递给儿子们，孩子们毫不费力就把筷子一根根折断了。

老汉说："如果你们团结在一起，没有人可以是你们的对手，但如果你们一天到晚争吵不休，四分五裂，你们就会变得很虚弱，谁都可以打败你们。"

一个讲团结的人，心中有大爱，心中有大局，心中有集体，平时能时刻把战友放在心上，把集体放在心上，战时就能相互为对方挡子弹。

你为大家，大家为你；你为集体，集体为你。正如《三个火枪手》电影中的一句名言："人人为我，我为人人！"

所以，谨防"窝里斗"，时时讲团结，事事讲友爱，不当长鼻水鼠。

当石头，不当"石头现象"

有的人乐石，因石头很实用，有的还很值钱。有的人乐"石头现象"，喜欢做白日梦，这却是一种抽象的、无奈的讽刺。

石头，似乎是一座城市文明的象征

石头，无处不在，可以说用途很广、价值很高，有的甚至价值连城。

远古时期，石头是人类记录事件的自然载体；现代社会，石头似乎成了一座城文明的象征，随着精神文化的更迭，在艺术家和设计师们的手中，石头又成了艺术珍品。

石头，无处不在。正所谓无石不成城，从某种意义讲，石头可以是一座城的中流砥柱，甚至是一座城的灵魂。

高楼大厦，是钢筋混凝土般的石块建的；千层石阶，是一块块的大石头层层垒成的；万条大道，是水泥石铺成的。

有些石是宝石，价值不菲。比如翡翠、钻石等，不同质地的宝石，价值不一，成为千家万户追捧的宝贝。

还有些石是艺术。一些人痴石，终成一石痴。一些奇形怪状、质地不一的石头，成为不少石头爱好者、收藏者家中的名贵摆件、手中的名贵玩物，高价来回倒手。

真正的石痴只进不出，家中各个角落都会堆满各种大大小小、奇形怪状的石头。这些石痴家中的每一方石头，哪怕是在犄角旮旯布满灰尘的，石痴们都能随口说出其背后的故事。

在部队，我们将革命军人比喻成砖，视为祖国钢铁长城的一分子。这块砖，质地过硬，炸不烂，打不垮，压不碎，是硬石、是顽石、是铁石。

我们的要求，每一名革命军人都应成为祖国钢铁长城上"思想过硬、训练过硬、作风过硬"的一块基石。

"石头现象"，让人啼笑皆非

何谓"石头现象"？

一条小狗看到一只母鸡孵出了一窝小鸡，很是羡慕，便产生了孵小鸡的想法。于是，小狗叼来了一堆鸡蛋般大小的石头，学着母鸡的样子孵起了小鸡。母鸡取笑小狗，小狗却不以为然，反而振振有词对母鸡说："只要像你一样有足够的耐心和坚持，就一定能成功。"

现实生活中，有没有像小狗一样的人呢？当然有。一个靠捡废品为生的人，某天听到有人说垃圾能淘金。于是，他不再捡废品，而是一心做起了"黄金梦"，专心研究如何从垃圾中淘出黄金来。如果垃圾能淘金，那不人人去捡垃圾了？这个做白日梦的人的下场，可想而知。

一年轻人，某天听到有人说清水能炼出石油。水不值钱，但石油值钱啊，如果水能炼出石油，那不是发大财了？于是，年轻人一心想要掌握用清水炼石油这门技术，遂找到那个告知消息的人。那个告知消息的人便忽悠他先买机器，于是，他又花大价钱去买了机器。机器买回来了，他沉浸在技术研发中，却始终没有进展。别人劝他说，这是假的，他仍不信。结果呢，可想而知。

把石头当鸡蛋来孵，就如现在网上炒得沸沸扬扬的"熟鸡蛋返生孵出小鸡"的论文事件。如果可能，那熟豆子也能发豆芽了，死人也能复活，世界不就乱套了？

现实生活中，偏偏就有些这样"执着"的人，别人都认为不可能，他却执着地认为可能，而且深陷其中不能自拔。美国心理学家艾伦把这种情况称为"石头现象"。

当石头，不当"石头现象"

石头的作用非常大，人类生活不可或缺的一分子，建筑的核心，艺术的载体，美的化物，现代文化的象征。

"石头现象"，是一种做白日梦的愚蠢行为。

我们提倡敢于做梦，敢于做"大梦想家"。但，一些不切实际的梦、虚无缥缈的梦、好高骛远的梦，还是少做一点的好。

人的一生，并不是所有的梦都值得我们为之奋斗。

有的梦，太高远，凭当前的实力实现不了，没必要"不撞南墙不死心"。

有的梦，不现实，再怎么努力都将"竹篮打水一场空"。

有的梦，很虚无，再富有热情也都是"黄粱一梦"。

比如说，我们有的新战友就是抱着考军校、提干的目的来的，个别甚至有当将军的梦想。曾然，不想当将军的士兵不是好士兵。有梦，才会追梦，说不定真的就实现了呢。

但如果只是有当将军的梦，而没有当将军的料，如本来学历就低、能力就弱、资质就差，不具备当领导的实力，那还是少做这样的梦，先从当好一名普通士兵、当好一块普通的"石头"做起，就是对自己最大的负责，对工作最大的尽责，对人生最好的设计，至于未来会怎么样，顺缘！

先把自己定位成一块普通"石头"，倘若再想要成为一块有质地、有价值，很出众的"石头"，那就怀揣梦想，不忘初心，脚踏实地，风雨兼程，百炼成钢。

与优秀的人为伍，你也不会差哪去

曾国藩言："一生成败，皆关乎朋友之贤否，不可不慎也。"

择友好坏、优劣，关乎一生。

优秀的人光芒四射，束束强光照前路

这些年来，一直有一队优秀的战友在我身边，他们如灯塔，照亮漆黑的夜，带来温暖和光明，给我力量和指引，引领着我不断前行。

从军校毕业一分配就遇见的老徐，再到政治机关遇到的老郭，再到一起共事的老李等，他们的优秀所散发出的光芒，让我心慕。我如"飞蛾扑火"般向他们靠近，向他们学习，向他们取经，向他们看齐。

老徐、老郭先后当过我的股长。我以他俩为榜样和目标，学习上靠近，生活上靠近，成为无话不谈的好友。在他们的带领下，我的文字功底渐有长进，政治业务随着岁月的沉淀不断淬火提升。

同事老李，也是出类拔萃的那种，一到单位就是光芒四射。我们同年分配下来，同时在政治机关协助工作，他比我优秀，我自甘下风，谦虚、低调地与之交往，用心用情地与之为友。共同提高，共同进步，是我最单纯的念头。

老徐、老郭、老李的优秀，是有目共睹的，光芒也是非常闪耀的。几年后，他们因能力出众，被上级机关调走。

我稍加锻炼，开始独当一面，慢慢地接上了他俩的班，得到领导认可。我欣慰着，同时，又开始以他俩为榜样，立志要到上级机关再向他们学习。

两年后，我如愿以偿。当我调到上级机关时，他们已经是上级机关的主力和骨干了，领导信任、组织放心。

我在向他们学习、向他们看齐两年后，他俩先后又成了我的处长，又在同一个栋办公楼，同一间办公室战斗了。

然而，我再次有幸得到机遇良缘，喜得上上级机关青睐。老徐很矛盾，舍不得放我走。因为我走了，他担心我这条线上的业务工作完成不了，但又不能阻挡我进步的步伐。

"青出于蓝胜于蓝。好好干！"到大城市前，老徐特意找我道别。我说，我很幸运遇到你们这么好的老大哥和人生导师，事业上是标杆，人生道路上如灯塔。我期望多年以后，你们还会欣赏我，带领我；希望多年以后，你们会说："没看错我！"希望多年以后，我们回忆往事时，还能举杯邀明月，共叙人生事。

你的圈子，很大程度决定着你的人生

西塞罗说："朋友是另一个自己。"

人的一生，你的朋友如何，你也将如何。

正如"物以类聚，人以群分"之意，优秀的人都愿跟优秀的人在一起；成功的人都愿跟成功的人共处；平庸的人挤不进优秀的人的圈子。

与优秀人士为伍，你逊不到哪去；与成功人士为伍，你差不到哪去；与庸碌人士为伍，你好不到哪去。

朋友如镜，照着他们的一生，也照着你的一生。

彭蕾，一个被称为阿里巴巴背后的女人，成功带领团队让支付宝在金融科技圈一骑绝尘。

在进入马云团队之前，彭蕾从事着让人羡慕的职业——在浙江财经学院任教。

"对于那个阶段来说，创立一家公司，既茫然，也没太大的兴趣。"但彭蕾觉得，跟一群有理想、有目标、有志气的年轻人在一起共事，就是有激情、有活力、有动力。

马云的睿智、马云的眼光、马云的财情和才情，深深吸引着彭蕾。尽管工资低，尽管每天工作十几个小时，但彭蕾就是愿，就是乐意。

1999年，阿里巴巴成立。2000年，彭蕾升为人事经理。2010年，彭蕾成为支付宝首席人力资源官。2020年3月，彭蕾以80亿元的财富位列"2020胡润全球白手起家女富豪榜"第80位。

彭蕾说："这一切都归功于遇见了马云。"

一根稻草，扔在街上，只是垃圾；但跟白菜捆在一起，那它就值白菜的价格；跟大闸蟹捆绑在一起，那它就是大闸蟹的价格。

你与普通人士为友，你的身价就是普通人士的身价；你与优秀、成功的人士为友，你的身价将是优秀、成功人士的身价。

你受优秀和成功人士影响，以他们为榜样不断努力前进，你就能紧随其成功，取得更大成就，赢得更好的未来。

你的圈子，很大程度决定着你的人生。

向左看齐，向右看齐，重在向优秀和成功的人看齐

韩寒说："一个人能走多远，要看他有谁同行；一个人有多优秀，要看他有谁指点；一个人有多成功，要看他与谁相伴。"

李嘉诚的司机给李嘉诚开了30多年的车，准备退休的时候，李嘉诚念及他这么多年兢兢业业，拿出200万的支票，赠予他安享晚年。

司机却委婉地拒绝了："我现在一两千万还是拿得出来的。"李嘉诚很诧异，一个月就五六千的工资，怎么可能呢？

司机回答说："我开车的时候您在后面打电话，说买哪个地方的地皮好，我就跟着买一点；您说买哪只股票好，我也会跟着买一点。能不有一两千万资产吗？"

跟着百万赚十万，跟着千万赚百万，跟着亿万赚千万。越与有实力的成功人士在一起，你就越有机遇良缘，就越能走向成功。

与凤凰同飞，必是俊鸟；与虎狼同行，必是猛兽。你想成为什么样的人，就选择什么样的朋友。想做一个好人，就与好人为友；想变得优秀，就去亲近身边的优秀人士；想成为一个成功的商人，就与成功的商人相交。

与优秀的人为友，优秀的人会激励你、鞭策你、影响你，使你不断向好变好；与平庸的人为友，平庸的人会消磨你、消耗你、磨灭你，让你只懂享乐当下，只会"当一天和尚撞一天钟"。

与品质恶劣的人为友，他们的恶劣只会让你心向黑暗，满脑打杀，不断滑向犯罪的阴沟；与愤世不平的人为友，只会让你看哪哪都不平，看哪哪都不公，满满的都是负能量。

圈子干净，你便心性纯良；圈子不凡，你便优秀不凡；圈子平庸，你便平淡平凡；圈子低俗，你便言行不端；圈子罪恶，你便恶贯满盈。

一生不长，愿一生交良友、当良人，有成功，有惊喜，有不凡。

你敷衍了生活，生活又怎会放了你

假如生活敷衍了你，你有没有想过，你也曾经敷衍过生活。

假如生活还在敷衍你，你有没有想过，你也还在敷衍着生活。

诚信，经不起敷衍

当你喜欢上一种味道、一种佳肴时，我想，你应该和我一样会时常想念，时常光顾。

去年，我喜欢上了一家餐馆的私房菜。餐馆装修素雅，但比较别致，带有浓浓的乡土气息，一进去就找到了家乡的感觉。

其中有一道招牌菜——辣椒炒土鸡，鸡是湖南湘西真正的土家鸡，辣椒是湖南湘西正宗的土辣椒，都是空运到海南来的，价格当然也不菲——168元/份。辣椒不太辣，可当菜吃；鸡肉嚼劲十足，带有弹性，特让我解馋。

城里哪容易吃上正宗土鸡，更别说家乡的土鸡了。一有重要聚会，我就会要个包厢，每次去必点这道菜。有时候，有些时日没去了，念起来了，就带着家人去打打牙祭。

但是，半年后的一次光顾，让我大失所望。鸡肉又烂又滑，没有一点弹性和嚼劲，吃起来就像是饲料鸡，在座的客人也都说和以前不一样了。

我失望地对老板："这不是原来那个味道了，鸡不是土鸡。"

老板却坚决说是。我就让老板尝一尝，老板夹了一块放入口后，马上和颜悦色地补充："这绝对是我们的土鸡！"

我不想多说什么了，反正那餐吃得很没味，早早地散了场。

鸡和鸡是有区别的，海南鸡和湖南鸡、饲料鸡和农家鸡都是不可相提并论的，区别一看就明，一嚼便知。

今天你拿着饲料鸡去敷衍消费者，消费者上了一次当，还会再上第二次当吗？

后来，我去得少了。再后来，和我一样的熟客也不去了。听说，前不久，该餐馆关门了。

经商，诚信为本。如果不顾信誉，不讲诚信，以假乱真、以次充好敷衍顾客，那就做好破产、倒闭的准备。

你敷衍了顾客，顾客也会敷衍你！

工作，经不起敷衍

小张属于那种实诚型的办事员，工作责任心比较强，态度也比较好，但就有一点不好——不太走心。

让准备一份简单的材料，还能出现个别错别字。机关公文材料出现错别字，就如同一粒老鼠屎掉进了一锅汤，如吃苹果时发现被咬剩的那块留有半截虫，如吃饭时吃进了一只苍蝇，让人恶心。更恶心的是，一份公文竟还出现年份上的错。明眼人一看，就知道是把去年的材料复制粘贴过来，却忘了改日期。

提醒过多次，小张虽有改观，但一忙起来，就又毛毛躁躁了。看小伙子干活的态度还蛮不错，想想能帮尽量帮吧。每次送材料前，我会主动叫他把材料拿过来给我先看一遍。

一次，领导交代他弄一份简单的会议主持词。因我手头工作多忙不过来，没能帮他检查，但还是提醒他认真点，写完了自己仔细检查三遍。哪知他写完后，匆匆看了一遍，就送给了领导。

殊不知，差错如地雷般隐藏其中。会议开始，领导拿着材料目瞪口呆。开篇第一句"尊敬的 XX 领导，下午好"竟是"尊敬的 XX 领导，下午妈"。

差错多了，领导对他的印象就差了。关键，这次会议是向上级领导汇报工作。

失望攒够了，后果可想而知，小张很快被调离了机关。

在单位，能力强不强不大重要，态度端正不端正最重要。一次次嘴上口头答应好好改，却一次次地继续犯着错，一次次不走心地敷衍，换来的就是一次次的失望。

你敷衍了工作，工作终将一次性把你给敷衍。

感情，经不起敷衍

与一同学几次聚会，都没见其再带家属出来。一打听，原来离了。

他与前妻是高中同学，知根知底的那种。前妻善良贤惠，还有一份比较稳定的工作——报社记者。当记者的比较辛苦，加班加点多，对家照顾得少。他，成家后创办了一家公司，事业刚起步，忙里忙外，根本照顾不了家。

两人必须得有一个做出牺牲。最终，前妻选择了在家当全职太太，照顾一家老小。他，一心经营着公司。

公司逐渐步入正轨，营业额逐月上涨，他却变得比以前更忙了，经常应酬到凌晨一两点，回家倒床就睡。

她精心准备的一桌子好饭好菜，凉在桌上一晚上。大半年了，基本天天如此。他没在家吃过几顿饭，即使两人坐在一起，吃饭也食不知味。

深夜十二点了，他还没回来。电话打过去，他嘣出"还在应酬"四个字后，就挂了电话。再打过去，手机已关机。

结婚纪念日不记得，情人节没惊喜，生病了就是"多喝开水"，两人的日子越过越冷清，越过越形同陌路。

敷衍多了，失望攒足了，心也就慢慢凉了。最终，她先提出了离婚。

离了婚的他，似乎很快就找到了第二春，但人家只冲他的钱。不到半年，他被骗了近百万。再后来，又是几经情场，几经春风，最终发现，靠近他的都是感情骗子，都只图他的钱，没有一个是真心想结婚过日子的。

离婚不到一年，他穿行于灯红酒绿，沉醉于声色犬马，公司疏于管理，最终因经营不善破了产。

身边所谓的"女朋友"们，一个个瞬间消失得无影无踪。

如今的他，无分文、无人疼、无人爱，孤家寡人。

感情经不起敷衍，敷衍多了，两人的心就远了。心灰意冷的那天，就是背道而驰、分道扬镳的那天。

有人说，敷衍，说到底就是一场不走心的、虚情假意的、自欺欺人的人生表演秀。以为没多大事，却不知秀多了，失望也就攒多了。一旦让别人心凉了，把别人的心伤了，别人也终将让你彻底地失望。

你负别人，别人也将负你。

劝君心怀"四大敬畏"

何为"敬畏"？

一大贤请教同伴，同伴反问："你在荆棘丛中走过路吗？"

大贤说："走过。"

同伴问："你是怎么走的呢？"

大贤说："小心翼翼，害怕被刺扎着。"

同伴说："就是这种感觉。"

敬，尊也；畏，怕也。

尊之，怕之，方知可为和不可为，才懂言有所止、行有所戒。

敬畏生命

作家孙频说："人活着就是一个越活越有敬畏感的过程，这敬畏感不是针对人类无法主宰的神秘力量，也不仅仅是出于对命运的敬畏，更准确地说，这敬畏大约是愈来愈感觉到了人在天地间的渺小和转瞬即逝。"

天地面前，自然面前，人的生命无异于蝼蚁。活得久了，心就慢慢通透了，人生苦短，生命可贵，感谢上苍、感谢大地，感谢生命赋予的这般美好。

我的一个处长，常跟我说"要对得起你这一百来斤的身体"。是啊，生命就只一次，要对得住它。善待它，它也善待你；恶待它，它也恶待你。

虔诚以礼，唯愿天地造福，风和日丽，盛世太平，心安身康，过好当下。

上苍对谁都公平，给予人的生命就只一世；对谁又都不公平，有活得好的，活得难的；活得长的，活得短的。匆匆一生，有的人心向阳光，一生都是向阳日，即使有风有雨，有难有艰，也能活得阳光四射；有的人生性阴冷，即使阳光四射，风和日丽，也感世间冷暖无常，悲凉苦楚。殊不知，老天给予你生命，是让你知道，你曾在这个世界来过，哭过，笑过，百味皆有感受过。仅此一生，也值。

福来福往，爱来爱返。以感恩之心对待生命，生命也将有恩于你；以希望之心对待生命，生命也将以希望待你；以苦楚之心对待生命，生命也将以苦楚待你。心有深爱，生命必给予无限美好。

生命只有一次。敬畏之，才能好生待之。

敬畏贤能

孔子有曰："君子有三畏：畏天命，畏大人，畏圣人之言。"即君子有三种敬畏：敬畏天命，敬畏居于高位的人，敬畏圣人的言语。

贤能，以有德有才而立于世，能干大事，能居高位，能圣言常教。正如孔子，一生教化众生，一生感化众生，让世间人心人性向善向美向好，世人皆膜拜。

贤能，是社会的栋梁，国家的砥柱，国之所需，民之所望。

敬畏贤能，是对德、才的敬重。贤而为善，才而助建，使世界变得更加美好。敬畏贤能，才能心生美好，才能在贤能教化、感召和带动下，心向美好，心生阳光，德行天下。

敬畏贤能，关键要以贤能为榜样，向贤能看齐，学贤能之德，锻贤能之才，使众生都成有德有才之人，家兴、国兴莫过如此。

敬畏贤能，推崇以德化人、以能育人，形成人人培塑德才之浓厚氛围，社会因之进步，国家因之大兴。

涵养美德、培育良才,国之所愿、家之所愿。敬之、畏之,推行天下,普渡众生。愿你一生遇贤能,愿你一生敬贤能,愿你也能成贤能。

敬畏职责

职责,从大方面讲,是党和人民赋予你的使命任务;从小方面讲,是单位赋予你的具体工作。

敬畏职责,才能忠于职责;才能对职责有神圣的庄严感、使命感,对组织和人民富有深情的负重感、忧患感,唯恐担不了责,履不好职,唯恐有负国家有负民;才更懂知责思为,忠于职守。

敬畏职责,才能知自之责,懂得该干什么,要干什么,心中有蓝图,脑中有思路,肩有千钧重,履职有定力;才能以百倍的激情、万倍的干劲,把使命任务完成好。

敬畏职责,才能淡泊权力、地位,知道有所为有所不为,不把职务当作自己应得的荣誉或好处,不利用职务之便为个人和家人谋取私利,敬业精业,开拓进取。

关于敬畏职责,这也有一段佳话,值得共勉。

1945 年 10 月,中央准备任命张鼎丞为苏皖军区司令员。张鼎丞得知,深感粟裕比自己更优秀,便提议由粟裕担任司令员,自己改任副职。

粟裕得知,深感不安,即向华中局建议由张鼎丞任司令员,自己为副。建议未被采纳,便直接发电报给中央,坚决请求重新任命:"以职之能力,实不能负此重任。鼎丞同志不论在才德资各方面,均远较职为高超……"

高官、大权,不是老一辈革命家们的追求。他们的心中,只为党和国家建设事业深谋远虑,只为推进祖国繁荣富强担当尽职。

敬畏职责,是对自己负责,对单位负责,对事业负责,对国家负责,对人民负责。

敬畏法度

明太祖朱元璋一日早朝突问群臣："天下何人最快乐？"众人各抒己见，有人说功成名就者最快乐，有人说金榜题名者最快乐，有人说高官厚禄者最快乐，有人说富甲天下者最快乐……

朱元璋听后连连摇头。

此时，一个名叫万钢的大臣站了出来，意味深长地说："臣以为，畏法度者最快乐。"

此言一出，众皆愕然。朱元璋却连连点头，称其见解"甚独"。

"畏法度"，意敬畏法规制度，心中有明法，自觉能守法，严格去遵法，不越法律的雷池、不跨纪律的红线、不踏制度的底线，自觉做遵纪守法的公民、做廉洁自律的模范。

无规不成圆，无矩难成方。有规有矩，才能有方有圆，该为认真而为，不能为切不乱为，老老实实、踏踏实实，社会才能井然有序，和谐和泰，个人才能自由自在，乐享安泰。

敬畏法度，才会心中有法，自觉学法、知法、明法、奉法，才会把法纪铁规学懂弄通，才会营造人人学法、人人讲法、人人守法的浓厚氛围，才能固牢全民法纪法规意识，推动依法治国建设。

敬畏法度，才会心生惧意，脑中就会固牢铁律之弦、刚纪之弦，才能心有所惧，行有所怕，才懂什么可为、什么不可为，什么可取、什么不可取，什么可言、什么不可言，心在规尺中，行在方圆内。

敬畏法度，才会自觉守法，不越法之轨，不违法之规，不踏法之线，就不会心存侥幸，敢打法纪擦边球，敢干阴暗违法事，始终如履薄冰、战战兢兢干好工作、履好职责、守好纪律。

但若心中无法，行而触法，法律之笼必将将其囚禁，法律之尺必将将其惩戒，最终害人害己，万劫不复。

法是钢刀，谁碰谁受伤，切莫违。

所有的"吃亏"都是一种丰厚的人生阅历

智者说:"塞翁失马,焉知非福。"

"吃亏"呢,亦同"失马",焉知非福呢?

有些亏多吃点好

汽修厂老李同时收了两个学徒,一大个子,一小个子。

刚进厂,老李只让两学徒干递工具、给轮胎充气、洗车等粗活,下班后,还要求两学徒把厂房工具摆放整齐,把卫生打扫干净。

刚开始,两人还挺端正,也还和气。时间久了,大个子开始欺负小个子,脏活累活重活先做做样子,然后就指手画脚、吆五喝六地领导小个子干这干那。

小个子心里虽有不悦,但面上笑呵呵的。反正都是干,不如抢着干。每天一大早,大个子卡着点来上班,小个子早早地就来到了修理厂,把厂里的工具检查一番,卫生整理一番,修理书籍再翻上一翻;车子一进厂,大个子抽着烟慢腾腾走出来,小个子早早冲到了车子最前面,询问车子情况,做好车辆登记,根据修理需要把车子开到指定地点;老李在修车,大个子只顾给老李端茶递水,小个子拿着工具紧贴老李身后,眼睛直直地盯着老李修车的一举一动;晚上下班,大个子早早就走了,小个子一个人把厂房打扫得干干净净,还拿本修理书籍学习个把小时。

有一次，老李问小个子："有些是安排你们两个的活，为什么就你一个人干？"

小个子说："吃亏就是占便宜。"

不出所料，两年后，小个子就成了汽修厂的技术大拿，大个子还依然只能干点修理轮胎、换换机油等普通的技术活。

再是两年，汽修厂起了分店，小个子被老李推荐到分店当起了技术组组长，工资比原来翻了两番。大个子仍留在原厂继续着技术"修炼"。

工作上任劳任怨，能吃苦肯吃亏，看似亏，其实是最大的赚，赚了核心能力的提升，赚了最好的人脉资源，赚了大家对你的高度认可，赚了大家对你的全力支持。

人生在世，谁没有吃过亏？主动在事上吃点亏，自愿在事上吃点亏，并不是什么坏事，付出了点汗水和精力，收获了更多的成果。

为什么有些人在别人眼里"有贵人相助"？其实这种"贵人相助"，是用"能吃苦"和"愿吃亏"换来的，正因为如此，他们才得到了更多帮助，赢得更大支持。

工作上吃点亏，有时并不亏！

有些利上的亏未必是坏事

某老板在我家附近开了一家海鲜酒楼，装修豪华上档次，开业当天还举行了隆重的开业典礼，组织了现场抽奖、明星演唱等活动，邀请了不少达官贵人前来免费试吃。

可热闹没多久，就开始冷清。头3个月，亏了50多万。焦虑万分时，一好友为其出了个主意，开展"海鲜美食周"活动，每天推出一款特价海鲜，售价远低于平常，每天有一桌，一桌有5人可以免费试吃，免费试吃如果满意再发个微信朋友圈，还可赠送一份价值50元的早茶券。与此同时，酒楼开展广式早茶服务，每次消费超过200元，可赠送一份20元的早点。

不出所料，这一招一举成功，每天前来喝早茶、品海鲜美食的人络绎不绝，每天门庭若市。

降价打折、免费试吃、送消费券等等，看似让了不少利，面上也吃了不少亏，但实质"薄利多销"，拓展了消费圈，赢得了回头客，积攒了人气。

在利上吃亏，是一种潇洒有范的生活态度，需要敢想敢干的能量魄力，关键是要把亏吃得淋漓尽致，让大家切切实实看到自己的实诚和信誉。亏吃了，但最后真正的赢家是自己。

前些年，我们摄影相机还是使用胶卷。深圳有个阿姨，没啥文化，当过保姆，摆过地摊，后面做起了卖胶卷的小生意。她认死理，每盒胶卷只赚一毛钱。后来开了一家摄影店，市场上一个柯达胶卷卖到了 23 元，她的胶卷就只卖 16.1 元，还是一个胶卷赚一毛钱。她始终坚持一毛钱利润的事迹，在深圳摄影行业传开后，无人不知无人不晓，后面谁都到她那里进货，胶卷生意越做越大。

别人赚钱，她吃亏，看起来很傻，但吸引了更多的顾客，成全了更多更大的生意，赢得了更多更大的财富。

吃点小亏反赢利，这其实是大智慧。

伤得狠了终会成长

采访郭德纲时，主持人问："活得明白是需要时间的对吗？"

郭德纲回答："不需要时间，需要经历。3 岁经历一件事就明白了，活到 95 岁还没经历还是不明白，但吃亏要趁早，活得一帆风顺不是好事。"

亏吃多了，经历和阅历丰富了，人生也就慢慢成熟和通透了。

一个朋友好话说尽，请你借点钱。钱未借前，你是爷；钱借出去后，借钱的成了爷。怎么催，怎么讨，都不还你。吃了钱上的亏，但认清了一个人。自此以后，你还敢随便借钱？你还会与此人为友吗？

一位同事遇急，领导交代的任务，他一时无能为力，想请你帮帮工作上的忙。

你加班加点地帮了，同事拿着你的成果去向领导汇报，根本没有你什么事。你心里是不是很窝火？亏吃大了，但又认清了一个人，划清了一条界限。自此以后，懂得了帮人要有选择性地帮，只帮那种实诚的、懂感恩的。

两家生意人，本是好邻居，却因一件小生意引发一场纠纷。一方坚持原价出售，怕违心；另一方却坚持抬价出售，能赢利。协商不妥，另一方便恶语相向，爆粗口、骂粗话。原要斗骂，一方的妻子过来拉住了，拉着自家的男人关了门面，另选远地开了一家商店，生意反而更好。吃一些语言上的亏，却也认清了一个人，还避开了更多不可预料的烦心事。

不吃亏，就看不懂社会复杂，分不清人性险恶，辨不明黑白真相；不吃亏，就不会长记性，就不懂去改正，就无法进步。吃一次亏，就多了一次体验，多了一次伤害，多了一次教训，亏吃多了，世间就看懂了，人间就悟透了。

亏吃多了，伤得狠了，终会成长。树最坚硬的地方便是结疤的地方，人也一样，经历风雨，才能更坚强；有过浮沉，才能更加沉稳；有过失败，才更易成功。

心大了，事就小了

近读一《吃亏》禅文，感触颇深，原文载下与大家共勉。

勿空：师父，从小我妈就教育我，不能吃亏，可我总觉得哪里有点不对劲儿。

无师：嗯，我问你，什么叫吃亏？

勿空：比如，借了别人钱，那人不还啥的。

无师：通过这件事你收获了什么？

勿空：我看清了这个所谓"朋友"的真实面目。

无师：也看到了自己面对金钱和友谊之间的执着，对吧？这也不亏啊，你获得了人生体验和新的认知。

勿空：那倒也是，那您说什么叫"吃亏"呢？

无师：没有什么事叫"吃亏"，人们所谓的"吃亏"都是在拿自己的付出和收获做比较，包括金钱、情感等等，你抱持着比较的心态去付出时，这个所谓"吃亏"就如影随形了，于是，你不是吃了亏就是占了便宜，难道要其他人都吃亏，而只有你占了便宜，你才认为合理吗？

勿空：啊！那该怎么面对付出和回报的不平衡呢？

无师：付出就单纯地付出，做自己认为正确的或者该做的事，不要事事预期任何对等的回报。你要知道，什么名誉、地位、金钱、爱情，这些原本都是你从这个世界获取的，而且早晚都得还给这个世界，什么也拿不走。如果时时刻刻斤斤计较，你会发现所有一切都在束缚着你，而如果你放开得失的念头，你会发现一切都充满无限的可能，生机勃勃。

勿空：嗯，看来我真的心太小了。

无师：心小了，事就大了；心大了，事就小了。终有一天，你会和所有人达成和解。

大雨来临，你的反应是什么

《时间的答案》里有句话说："每个人的生命里都有一场大雨。"

有的人，步履匆匆，跑步躲进了屋檐；有的人，十分沮丧，一身好好的被淋湿了；有的人，十分坦然，漫步在雨中享受大自然的沐浴……

人生众相，面对大雨来临，你的反应中可能蕴藏着你未来人生的答案。

有些挫败，如暴风雨般躲也躲不过

生活，有时真的很像卓别林说的那样："远看是喜剧，近看是悲剧。"

暴风雨说来就来，不为任何人的意志为转移。挫败，就如这任性的暴风雨，悄无声息的，晴天霹雳般的，电闪雷鸣的，反正不请自来，不期而遇。

想跑，雨太大，风太劲，小小的雨伞，相当于没雨伞，照样淋得你惊慌失措、冰冷锥心。

想躲，雨如柱，风似刀，小小的屋檐，相当于没屋檐，照样如同雨中风中，任由风雨百般蹂千般躏。

谁的人生没有挫折、失败和失意，谁人背后不被议？一帆风顺、一切如愿，都只是美好的祝愿，正因为人生有太多的不顺、不如意，才有我们口口声声的"如意""如愿"等祝词。

我们太想一帆风顺，太想如愿。可谁会让我们风顺，让我们如愿？太顺了，不像是人生。正如日月星辰、风雨雷电，大自然需要，我们每个人也需要。太阳不能365天天天当空高照，我们也需要风，需要雨，需要月，这就是自然，也如人生。

一位作家说："如果人生没有荒芜与悲怆，就定有长征般的考验。"

既然人生必须经历苦难、挫败、失意，注定了，就别刻意，因为怎么跑也跑不开，怎么躲也躲不掉。

泰戈尔说："不要让我祈求免遭危难，而要让我能大胆地面对它们。"

躲也躲不掉，跑也跑不掉，那不如放慢脚步，享受大自然的"恩赐"。

有些挫败，得重重感谢

俄国化学家布特列洛夫少年时，特别爱好化学，经常一个人在宿舍里偷偷做实验。

兴趣没有错，勤奋也没错。错就错在出了乱子。12岁那年，因为自己的无知无畏，导致实验发生了爆炸。

他被关了禁闭，还被学监挖苦，在他胸前挂了一个"伟大的化学家"的牌子。

面对耻笑和侮辱，放弃理想就是最大的懦夫。布特列洛夫忍辱负重，更加注重实验的安全性和理论知识的学习。每当想偷懒时，他就拿着"伟大科学家"牌子一遍一遍地提醒和鞭挞自己。只有更努力、更成功，才能一雪前耻。

33岁那年，他终于提出了有机化合物结构上的创见，成为有名的科学家。

"我要感谢给我困难和打击的人，正是这些人，才让我在成功的道路上有力量向前走。"布特列洛夫说。

当你追梦前行，遭遇意外失败时，笑你的人有之，辱你的人也有之，但这些都算什么呢？这只不过是人性的阴暗面而已，也是提醒你前行的动力，你不仅不能以牙还牙，相反还要感谢他们的打击和耻笑，因为是他们，给了你一雪前耻的决心、动力和坚毅。

当你很累很辛苦时，你想想别人对你的耻笑；当你耐不住熬不了的时候，你想想别人对你的羞辱；当你依然害怕再次失败时，你再想想他们的恶语，再狠狠地"回敬"自己……狠狠地，狠狠地骂醒自己。

你会发现，你会又一次血脉贲张了。

有些挫败，得学会和解

看到这样的一个富有哲理的故事：

一个年轻人遭遇人生挫败，痛不欲生地来到了悬崖边，准备了结自己的生命。

一位长发飘飘、快乐翩翩的童颜鹤发老人突然出现在他眼前。

年轻人叫住老人："老人家，您为何如此快乐？"

老人答："天地之间，以人为尊，我为人；星辰之中，唯日月灿烂，我能早晚相伴；百草之中，五谷最养人，我能终生享用。我为何不快乐呢？"

年轻人若有所思地点了点头。

老人家看到年轻人愁眉苦脸的样子，就笑着问："怎么了，年轻人，什么事使你如此难过？"

"老人家，我想干很多事情，可很多都不能如愿。觉得比起那些成功人士，自己很没有价值。"年轻人满脸忧伤。

老人微微一笑，接着说："一块泥土和一块金子，谁有价值呢？"

年轻人刚要作答，老者摆了摆手，继续说："如果给你一粒种子，去培育生命，泥土和金子谁更有价值呢？"

言罢，老者朗笑而去。

年轻人顿觉释然。

其实，人生哪有那么多的失败和失意，看开了看淡了，什么都不是事。在有些人眼中，一些失败和失意，只不过是人生的一道调味品，让你尝尝人间酸甜苦辣咸的滋味而已；有些人眼中，一些失败和失意，只不过是考验和检验自己心智和能力的试金石；有些人眼中，一些失败和失意，却是人生一幅幅曼妙的风景，正如水到绝境是风景，人到绝境是重生。

遇难时，只剩下了一杯水。悲观者说："咳，只有一杯水了，怎么活啊。"乐观者却说："天啊，还有一杯水呢！"不同思维，不同世界观，换来的是不同的人生境遇。悲观者，喝尽最后一杯水后绝望而死去；乐观者，喝尽最后一滴水后，把尿当水，争取了时间，赢得了救援，换回了生命。

人生挫败，无人幸免。悲观绝望者，彻底失败；乐观希望者，绝处逢生，否极泰来。

怕什么，大不了从头再来

很喜欢松下幸之助的一句话："跌倒了就要站起来，而且更要往前走。跌倒了站起来只是半个人，站起来后再往前走才是完整的人。"

落榜、失业、失恋、投资亏损……现实中的你，如果正在遭遇这些挫败，请不要伤心，因为谁都有这么一遭，太一帆风顺的人生不可能存在。但请不要难过，因为还不到你倒下的时候；请不要灰心，因为还不到人生的终点。

人的一生，有成就有败，有喜就有痛，有乐就有悲，有暖就有凉，事事都不可能只有一面，当你处在败的时候，成也离你不远了；当你痛极了后，乐也就快到了。

你要相信，隧道远千里，终有到底时；黑暗过后，终有白昼；阳光就在风雨后。

古人言："哀莫大于心死。"一个人挫败了并不可怕，可怕的是心灰意冷，失望透顶，绝望到底。如果因为一点点困难和挫折就吓倒了，心死了，倒地不起来了，那我们就是生活中彻彻底底的懦夫。

顺境中，我们要有信心；逆境中，我们更要有信心。敢于迎接风雨，敢于接受风暴，即使风再大，雨再猛，我们也不怕。"燧石受到的敲打越厉害，发出的光就越灿烂。"你要相信，经历越多，挫败越多，扛住了你会越来越勇猛。

　　坦然接受挫败，不管多难多累多痛苦，都是人生必经的路，必受的痛。"风雨中，这点痛算什么"，树受伤的地方，最硬。

　　败了，大不了重头再来。

今天，你笑了吗

今天是 5 月 8 日，世界微笑日。借此，我很想问问大家："今天，你笑了吗？"

"笑了""笑了啊，我还笑哭了""我每天都在笑""没有，最近很累""笑过，但是并不快乐""想笑啊，但是生生笑不出来""好久没有能笑的心情了""假笑算么？算的话就笑了，不算的话，我也不记得了"……上面就是大家纷纷给出的答案，有的人真笑了，但大部分人没有笑。

请先微笑起来

投之以李，报之以桃。

你给别人一颗李子，人家会回报你一颗桃子。

一国王率队出行视察民情。当来到一个村庄时，他很想看看村民们认不认识他。于是，把一个亲信叫到身边："我让队伍停在这，就我们俩去村庄走走，这样就知道他们认不认识我了。"

两人下了马车后，一前一后慢步走进了村庄。一路上遇到了一些村民，只见这些村民都朝着亲信点头微笑，对国王却不理会。

国王非常纳闷："为什么这些人都不理我，却个个都对你点头微笑？他们难道认识你？"

亲信回答："我也是第一次到这，根本互不认识。"

国王继续问："那为什么？"

亲信回答："因为我对他们先微笑了。"

想收获别人对你的好感，请先显示出你的善意。想别人对你微笑，请先张开你的笑脸。

善以待人，人也会以善回敬；笑以待人，人也会以笑回敬。

人生实苦，当且笑对

人生实苦，生活不易。

杨绛先生在《走到人生边上》中写道："在这物欲横流的人世间，人生一世实在是够苦。你存心做一个与世无争的老实人吧，人家就利用你欺侮你。你稍有才德品貌，人家就嫉妒你排挤你。你大度退让，人家就侵犯你损害你。你要不与人争，就得与世无求，同时还要维持实力斗争。你要和别人和平共处，就先得和他们周旋，还得准备随时吃亏。"

工作忙、生活累、压力大，事业遇到挫折、感情受到创伤、生活遭遇变故等等，每个人有每个人的苦衷，每个人有每个人的烦恼，每个人有每个人的痛苦，笑似乎成了最昂贵的奢侈品，早已被大家抛在了九霄云外。

人性本丑陋，想不争不行，想不斗也不行，想和平共处也很难，得准备随时吃亏，可又能怎样，事事、时时去计较、去争斗、去周旋吗？难道压力大，我们就选择消极沉沦，甚至是走向极端吗？

训练很苦很累，成绩一时跟不上趟，每天愁眉苦脸；工作任务重，标准高压力大，不细致出差错，又挨批评又要赶进度，肚里一肚子委屈，脸上一脸愁容。与战友生了点小摩擦，闹了点小意见，全天一脸阴沉……是啊，人生不易，一脸苦愁。可是，越是心情不好，工作训练越没劲，越易陷入"苦大仇深"的死胡同，各方面只会越来越糟，越来越差，越来越坏。

美好无处不在，关键看你有没有发现美的眼睛，有没有向善向美的心灵。你有，世界处处都有美，人间处处都有情。

生活是面镜子，你笑，它也笑；你哭，它也哭。你诚心诚意地拿出善意对待生活，生活也会真诚回报。

百事从心起，一笑解千愁

大肚能容，断却诸多烦恼障；笑容可掬，结成无量欢喜缘。

人生天地间，有人称赞，就有人诋毁；有人喜欢，就有人不喜欢；有人笑，就有人哭。就如月有阴晴圆缺，人有旦夕祸福，都不是那么圆满和如意。但不管好与坏，赞与骂，我们都应坦然面对。痛苦是一天，快乐也是一天，与其痛苦，不如快乐。正如齐白石老先生所劝诫的："人誉之，一笑；人骂之，一笑。"一切看开，一笑了之。

生年不过百，常怀千岁忧；百事从心起，一笑解千愁。笑的好处，可谓多多。能减轻压力，能提升自信，能改善不良情绪，能缓解疲劳，能增强免疫力，能增强记忆力，能使人感到温暖，能促进良好人际关系，能使你保持青春活力，能让你积极向上。

医学界还认为，笑其实是一项有氧运动，大笑一百次的效果相当于骑了15分钟的自行车，在笑的过程中，面部、颈部、胸部、背部、腹部、肩部以及四肢等肌肉、关节、韧带都相当于得到了一次有益的锻炼；大笑还可以使人的内脏器官发生震动，起到按摩作用，加快肺部的进气、呼气和肌肉的放松与收缩，还能加快心脏的跳动，让全身心充满激情。而且有研究发现，无论真笑还是假笑，只要投入去笑，都对身心有益。

心中常驻阳光，脸上便有微笑。设立"世界微笑日"，这是迄今为止唯一一个庆祝人类行为表情的节日，其初衷就是希望每个人都能在这一天放缓脚步，静观身边的美好，让绷紧的脸蛋舒展，紧皱的眉宇打开，灿烂的笑靥绽放。

"早上起来，拥抱太阳；嘴角向下，会迷失方向；嘴角向上，会蒸蒸日上……"这样的抖音模仿秀魔性台词，有没有让你忍俊不禁呢？咧开嘴巴，露出牙齿，提起嘴角，下拉眉毛，眯起眼睛：来，我们一起笑一个吧！

急于求成，反而不成

毕淑敏说："树不可长得太快，一年生当柴，三年五年生当桌椅，十年百年的才有可能成为栋梁。"

十年树木，百年树人。成长成才，都不能急于求成。

成长成才，是一个慢过程

小万，一个我遇到的比较有才情的小伙，有一点文字功底，相对于基层普通战士而言，写出来的文章还算有模有样。

前些年，部队重视基层新闻报道工作，注重培养基层报道员，对一些有兴趣、有文字功底的战士，往往会高看一眼、厚爱一分，对能独立发表文章的还有一定的奖励。

小万主动向政治机关自荐，要当报道员。政治机关乐见这样的有志青年，给他提供了较好的学习写作空间和平台。

小万踌躇满志，决心干出一番新天地，不负组织期望。他给自己规定，每天学习一小时，每两天写一小文，第一个月实现上稿目标。

小万沉浸在学习和写作中，凌晨十二点多，还能看到他的学习室亮着灯，每隔两天，还真定期递交一篇文章给我看。

我很欣慰，给予了肯定和表扬。但仔细一看，文章是周记类的、记叙文类的，还不完全适合报纸、杂志等刊发，还需不断进行思想提炼、情感升华。我鼓励他，多研究报刊用稿风格，勤学苦练，不用太着急，水到自然渠成，加油。

一个月过去了，小伙看我对他的文章不太感冒，只要求他看报学习和练笔，却不见我帮他修改文章和投稿，似乎更急了。

一天，他突然欣喜地跑来告诉我，他发表文章了。一个月能见报，那可是神速。但他成功了，在一家地方晚报刊发了一篇讲述母子情深的小散文。

我说，不错，但怎么没给我看过。他说，自己深夜写的初稿，家里有位亲戚在报社工作，就直接传给他，请他润色润色了。

我没说什么。

此后，他继续在亲戚的帮助下，发表了几篇抒情式的小散文。表扬多了，小伙子就开始飘飘然了，往日勤学苦练的劲头没了，学习室的灯也时常难见亮起来了。

相反，跟他同时一起学习的几位小伙，慢慢开始上道了，也陆续有小豆腐块刊发了。再后来，大家发表的文章慢慢多了，而他，还继续躺在"功劳簿"上沾沾自喜。

领导命题作文，要求报道组写几篇部队经验式报道、先进典型报道，他因怯场而退össä，其他报道员迎难而上，不久喜见成果。

到年底，当看到随他一同进队伍的"慢"而有成就的战友上台领奖，他心里酸溜溜的："早知道，还是脚踏实地慢点好！"

一年后，他自己觉得不好意思，主动脱离了报道队伍。

莎士比亚说："不应当急于求成，应当去熟悉自己的研究对象，锲而不舍，时间会成全一切。"

小万一心急于求成，却忘了慢工出细活，慢而生静、静能致远的成长成才规律。

人生很长，不必慌张，你以为的快，有时恰恰最慢；你以为的慢，有时可能会最快，尊重规律，才能走得更远。

慢一点，步步为营，久久为攻，不可违背。

越急于成，越不得

出差一个多月，发现带在身上的手机越用越烫手，充电也烫得厉害。拿在手上瞧原因，手机屏幕正巧传来了一条电池老化的提醒。

手机使用的时间不长，怎会电池老化？而且还是国产华为当前最高端的那款。

再仔细一看，原来这次出差拿错了充电器，原装的充电器遗忘在了家中，现在使用的充电器是市场上临时买的快充，不到一小时，就能给手机充满电。

这一个多月时间，因闲时多一点，手机也使用得多了。往往电用完了就充，一充满就拔，每天要充上个两次；到了晚上睡觉，还插上电源充一晚上。

同事说，这样快充快用、快用快充，到了晚上还一晚上插着电快充，电池不老化才怪。

因快，毁了一部好几千元的新手机。

作家蒋勋说：有时候，生活的美感，反而是在大家都快的时候，你慢下来了。

喜欢一篇很有哲理的美文——《牵一只蜗牛去散步》：

上帝给我一个任务，叫我牵一只蜗牛去散步。

我不能走得太快，蜗牛已经尽力爬，每次总是挪那么一点点。

我催它，我唬它，我责备它，蜗牛用抱歉的眼光看着我，仿佛说："人家已经尽了全力！"我拉它，我扯它，我甚至想踢它，蜗牛受了伤，它流着汗，喘着气，往前爬……

真奇怪，为什么上帝要我牵一只蜗牛去散步？上帝啊！为什么？天上一片安静。唉！也许上帝去抓蜗牛了！

好吧！松手吧！反正上帝不管了，我还管什么？任蜗牛往前爬，我在后面生闷气。

咦？我闻到花香，原来这边有个花园。我感到微风吹来，原来夜里的风这么温柔。慢着！我听到鸟声，我听到虫鸣，我看到满天的星斗多亮丽。

咦？以前怎么没有这些体会？我忽然想起来，莫非是我弄错了！原来上帝是叫蜗牛牵我去散步。

静下来，你再去体会体会育儿之道，慢是小孩的节奏，大人急不得，急了反而伤了小孩，反而是越催越慢，越急越慢。倒不如，跟着孩子一起放慢脚步，体会慢的过程，欣赏在慢的过程中沿路的风景，一路的美好。

这个快节奏的时代，大家每天都在忙碌，都在拼命，都在追赶，就连在育儿问题上，父母都在拼命地催啊催、逼啊逼，唯恐落后，唯恐被社会淘汰。

在催中、逼中、跑中，我们似乎越来越浮躁，越来越焦虑，那些曾经的轻松悠闲，那些以往的美妙惬意，那些令人心动的快乐感动，在日复一日的拼命奔跑中，离我们越来越远，越来越奢侈。

约翰·列侬曾说："当我们正在为生活疲于奔命的时候，生活已经离我们而去。"

在这个喧嚣、浮躁的社会，快，感受不到幸福，不如放慢脚步，放眼绿的盎然，闻闻花的清香，嗅嗅泥的芬芳，像孩童般与蝶共舞，与鸟啁啾，寻味童年的快乐，感受成长的禅意。

欣赏中，感受中，快乐中，你不经意间又惊喜地发现，蜗牛已经爬到了山顶！

慢的意境，慢的曼妙，有时真的妙不可言。

"不怕你们厚积薄发，最怕你们急于求成。"

在一次典礼上，张维迎教授说："不怕你们厚积薄发，最怕你们急于求成。"

很多事情，学习也好，创业也罢，都是一个积累的过程，积累学识、积累经验、积累实力、积累技术、积累人脉……待厚积薄发，就可水到渠成。

说到丁磊，大家应该很熟悉，网易的老大，一个快乐的首席执行官。

然而，谁又知晓，在这个快节奏的时代，这个不快就要被淘汰的新时代，网易这一路都是温吞水般"不声不响"地走过来的。

"完美错过电商、社交、团购、直播，所有风口""丁磊落伍了""是移动时代最大的失意者""丁磊太保守，打不过腾讯"……提到网易，大家异口同声，这家公司动作太"慢"，太不赶趟。

丁磊有自己信奉的原则：慢点有什么关系呢，只要把用户体验做得足够好，就有后来居上的机会。

"我觉得对一个真正有竞争力的企业，不在于进入的早或晚，关键在它愿不愿真的通过技术和创新改变消费者的体验。"丁磊这么说。

《人物》杂志曾采访过丁磊：你觉得公众和业内人士对你的最大误解是什么？

丁磊到今天，还是这么愤愤不平："说我保守。"

丁磊不觉得自己保守，他有一套自己的"慢哲学"："我的互联网思维中'快'不是特别重要……我的产品每一个版本都要精益求精，你根本不要看竞争对手怎么样，竞争对手犯错误的时间是大把的，不要因为快，把自己搞死了。"

正如万众提倡的工匠精神，追求的是卓越的精益求精，要求的是慢工出细活、慢工出精品。

现在的丁磊，仍旧把自己定位成一个产品经理，在"慢"与"坚持"中，探索着每个产品的极致，然后等待。

智者有云："生命没有那么分秒必争，觉得乱的时候，就停下来把自己整理清楚再出发。沉住气，忠于内心，生命才饱满。"

是啊，沉住气，忠于心，生命才饱满。愿此生，我们都能有快有慢，适应有度，从从容容。

有一种成熟，叫少点自以为是

"水善下势方成海，山不矜高自及天。"低调、平和、谦逊，可成就壮大。矜高倨傲，自命不凡，夜郎自大，终会失和失众。

多些成熟稳重，少些自以为是，会多些安顺泰然。

你很重要吗，只是你自以为罢了

一只骆驼穿行沙漠，一只苍蝇伏于其背。一路前行，骆驼辛苦万分，苍蝇不费吹灰之力。

到了终点，苍蝇向骆驼告别："骆驼，谢谢你辛苦把我驮过来。再见！"

骆驼瞥了一眼苍蝇："你在我身上的时候，我根本就不知道，你走了，你也没必要跟我打招呼，你根本就没有什么重量，别把自己看得太重。"

现实中，很多人把自己看得太重，自以为身份尊贵，自以为了不起，自命不凡，于是，摆出一副高高在上、高人一等、唯我独尊、非我不行的神态。

殊不知，这都是你自以为。

可能，你还以为，付出了爱就会有回报；发出去的消息，就会马上得到回复；手机关机一下下，就会有人提心吊胆地牵挂你；你不见一会儿，就会有人十万火急地到处寻你……

殊不知，这也都是你自以为。

著名表演艺术家英若诚曾讲过一个故事。

他生长在一个大家庭中，每次吃饭都是几十个人坐在大餐厅中一起吃。有一次，他突发奇想，决定跟大家开个玩笑。

于是，吃饭前，他把自己藏在了饭厅内一个不被注意的柜子里，想等到大家着急时再跳出来。

没想到，整个就餐期间，大家丝毫没有注意到他的缺席。酒足饭饱，大家离去，他才蔫蔫地走出来吃了些残汤剩菜。

从那以后，他就告诉自己：永远不要把自己看得太重要，否则就会大失所望。

聪明的人，贵有自知之明

老子有言："知人者智，自知者明。胜人者有力，自胜者强。"

一个人看得清别人是智慧，但了解自己才是明白人。能够战胜别人的人有本事，但战胜自己的人才是真强大。

许多时刻，一个人最难看清的就是自己，最难摆正的就是自己的位置，最难衡量的就是自己的能力。

美国曾有人做过一个调查。

268 位大学生比较自己与他人的人格特质。结果发现，几乎全部的个人评价选项，80% 以上的人选择的都是自己高于平均值。心理学上，这种现象被称为"达克效应"。

高估自己，有错吗？没错，给自己一份肯定和自我欣赏有时是需要的。人，不能太过于不自信，但也不要过分自信，不能过分地自我欣赏、自我肯定，否则，就容易过分清高、过分短视、过分自傲，产生一种自我感觉甚好、高人一等的自大心理，引出丑态种种，甚至引来杀身之祸。

刘邦乃一国之君，韩信却能在酒后大言不讳，我韩信带兵多多益善，而你刘邦只能带十万。犯了明显的以下犯上、大不尊的错误。韩信之死，就死于自己的清高、自傲。

三国时代的杨修，智力不凡，聪明过人，却偏偏喜欢自以为是，把曹操的"一盒酥"以"一人一口酥"为由，与众将分享，埋下了被杀的伏笔。后因"鸡肋"之事，错传曹操指令，扰乱军心，最终被斩。

自己看不清自己，摆不正自己的位置，看不清自己的能力，满口大话，自以为是，自作聪明，最终自己断送了自己。

人贵有自知之明。自明，才懂得看清自己，懂得看清自己的长处和短处，看清自己的位置和作用，看清之后，才知道自己能干什么，应该干什么，可以干什么。

做人最难的，不是自作聪明，而是自知之明。既要懂得自己什么能说，什么不能说；又要懂得自己想要什么，又能做什么；还要懂得自己该干什么，又该怎么干。

自知、自明，才懂有为和不为。

感悟圣人的平和与通透

一位作家说："真正有大智慧和大才华的人，必定是谦逊、低调的。才华和智慧像悬在精神深处的皎洁明月，早已照彻了他们的心性。他们的心底是平和的，灵魂是宁静的。"

国之栋梁、"杂交水稻之父"、共和国勋章获得者、中国工程院院士袁隆平逝世了。

正如臧克家所言"有的人死了，他还活着"，袁老虽然走了，但他永远活在我们心中，活在14亿中国人的心中。

袁老一生的丰功伟绩举国共睹，袁老一生的平和通透值得世人崇敬和学习。

在我眼中，袁老既伟岸又高大。

20世纪90年代，湖南省曾3次推荐袁老参评中国科学院学部委员，即现在的中国工程院院士，可袁老3次落选。当时有人说，袁老落选比人家当选更轰动。

袁老却认为："没当成院士没什么委屈的。我搞研究不是为了当院士，没评上说明水平不够，应该努力学习；但学习是为了提高学术水平，而不是为了当院士。"

　　一位普通农民，年轻时对饥饿有切肤之痛，后因种植杂交水稻而改变了缺粮的状况。为表达对袁老的感激之情，这位农民特意写信要求袁老给他提供几张不同角度的全身照片，准备给袁老塑一尊汉白玉雕像。袁老再三拒绝，但那个朴实的农民还是为袁老塑了一尊雕像。有人问袁老，见过那尊雕像吗？袁老笑着说："我不好意思去看。"

　　有个权威的评估机构评估，袁老的身价值 1008 亿元。袁老微微一笑："要那么多钱做什么？那是个大包袱。我觉得现在很好，不愁生活，工资够用，房子也不错。要吃要穿都够，吃多了还会得肥胖症。"袁老从来不讲究品牌，也不认识品牌。只要穿着合适、朴素大方就行，哪怕几十块钱一件都行。袁老生前最贵的西装是到北京领首届国家最高科学技术奖前，抽空逛了回商场，买的打折后七八百块钱一套的西装，还是周围同事叨咕了半天才买的。

　　"隆平高科"请袁老兼任董事长，袁老嫌麻烦，不当。袁老说："我不是做生意的人，又不懂经济，对股票也不感兴趣。我平生最大的兴趣在于杂交水稻研究，我不干行政工作就是为了潜心搞科研。搞农业是我的职业，离开农田我就无所事事，那才麻烦。有些人退休之后就有失落感，如果我不能下田了，我就会有失落感，那我做什么呢？我现在还下田。过去走路，后来骑自行车，再后来骑摩托车，现在我可以开着小汽车下田了。"

　　低调、平和、通透，永远是一位圣人的高光，值得我们一辈子学习、崇敬和膜拜。

成也坦然败也坦然

━━━━━

秦桧是反面的成功者，岳飞是彻底的政坛失败者，项羽是世代传颂的苦情英雄，却是刘邦的手下败将，曹操和袁世凯被称为"枭雄"……历史人物，成也好，败也罢，过眼云烟。

败，也有败的高光

世人都推崇成功，仰慕成功者，但也有人敬佩失败者。

"至今思项羽，不肯过江东。"成为王，败为寇。项羽，败于汉高祖刘邦，却受到后人的追思，被后人称颂为有骨气有血性有本事的大英雄。

"秦始皇游会稽，渡浙江，梁与籍（项羽）俱观。籍（项羽）曰：'彼可取而代也。'"

一句取而代之，英雄出少年。

巨鹿之战，项羽"悉引兵渡河，皆沉船，破釜甑，烧庐舍，持三日粮，以示士卒必死，无一还心"。"有志者，事竟成，破釜沉舟，百二秦关终属楚"成为史话流传。

巨鹿之战后，项羽进入关中，刘邦来向项羽请罪。这本是一个杀掉刘邦的好机会，项羽却不屑于用这种不正当的手段，他要堂堂正正地打败刘邦。

垓下被围，项羽"军壁垓下，兵少食尽，汉军及诸侯兵围之数重。夜闻汉军四面楚歌，项王乃大惊曰：'汉皆已得楚乎？是何楚人之多也！'项王则夜起，饮帐中。有美人名虞，常幸从；骏马名骓，常骑之。于是项王乃悲歌慷慨，自为诗曰：'力拔山兮气盖世，时不利兮骓不逝，骓不逝兮可奈何，虞兮虞兮奈若何！'歌数阕，美人和之。项王泣数行下，左右皆泣，莫能仰视。"这一段，使得项羽刚毅的形象中增添了一分铁汉柔情。

项羽败了，彻底地败了，但他败得光明磊落，败得有情有义。

刘邦胜了，当了汉高祖，可他却从内心永远敬重项羽，敬重他是一位有血有肉有情有义的大男人。

司马迁说："人固有一死，或重于泰山，或轻于鸿毛。"即使无法改变悲剧的结局，司马迁仍然歌颂项羽这种勇于抗争的英雄气概。

成，也要适时承续中庸之道

越是功高的人杰，越应领会中庸之道——无他，这是英雄想要在艰险的政治斗争中生存下来的可借鉴的智慧。

无数历史名人的人生经历，都揭示了一个规律：忠臣不遇良主，功高盖世就成了罪人。

英雄都有一种自命的为人处世哲学，对就是对，错就是错，是一个非常纯粹的人，这种纯粹往往造就自己，又往往害了自己。不遭人嫉是庸才，有本事的人太容易遭受嫉恨，"枪打出头鸟""站得高，摔得狠"，这是血淋淋的人性。

秦将白起，也叫公孙起，号称"人屠"，战国四将之一。据史载，白起一生征战沙场三十余载，攻六国城池大小九十余座，共歼灭六国军队一百余万。更为令人称奇的是，白起一生从来没有打过败仗，并且经常以少胜多。

常胜将军自有常胜的硬气和坚持。在秦王发兵攻赵未能取胜之时，秦王强令白起出征，白起却一而再，再而三地以病推辞。殊不知，这种纯粹和坚持，却是功高盖主、不听主令的大忌。

秦王怒不可遏，削去白起官职，将他赶出咸阳。后令使者赐剑，使之自裁。

战国名将李牧，战功显赫，最后竟被赵王布圈套杀之。

李牧之死，也有李牧本人清高、自负，纯粹、简单的处事态度成分。

李牧带兵，一直奉行"将在外君命有所不受"，使赵王颜面尽失。李牧带兵抵御匈奴时，实施以静制动的战略，严令"匈奴入盗，急入收保，有敢捕虏者斩"，赵王责其胆怯，李牧不予理睬。

李牧不听令，赵王本已大恨。秦赵之战，秦使用反间计，谗言李要造反，赵王决定再次罢免李牧。李牧再次行使"将在外君命有所不受"特权，拒交兵权，赵王不得不设计捕杀。

看来，越是才能出众、越是功高盖主，越要收得住剑气，收得了蛮气，收得了所谓的霸气。

立，唯以良品立世

受不得穷，立不得品；受不得屈，做不得事。

诸多历史名人中，曾国藩无疑是成功的。有人称其为圣贤，一代完人，就连毛泽东都是他的忠实粉丝。

大浪淘沙，历史上谁又完全是一个纯净无瑕的人？谁又没有一点缺点，没有一丝过失，没有双重的人格？

历史将曾国藩的过与失、德与品淋漓尽致地展示在世人面前，又牢牢地刻在世人心中。治学出仕、带兵打仗、修身齐家，治学建过学，打仗杀过人，修身出过书，立德立功立言的圣贤之路让后人为之着迷。

在曾看来，是否受得了穷，与一个人的品格及人生成就有着巨大的联系。固穷是一个人立志的重要内容，穷也是一个为官者该有的本色——清廉！大丈夫能屈能伸，既要有退一步海阔天空的豁达，也要有受尽委屈后的隐忍，韬光养晦终会遇见阳光。

立身为官，当深学之。

事上以敬，事下以宽，如是有年，未尝稍懈。关于清朝大太监李莲英，野史逸闻可谓五花八门、众说纷纭。李莲英曾红极一时，被称"九千岁"，是清末最有权势的宦官。一个无依无靠、出生卑寒的小人物，为何能走上红极一时的成功之道？这与他对自己成功的定位和谨慎处事的原则有关：懂得恭敬主子，懂得宽厚下属，终年坚持，就算得志也不飞扬跋扈，从不树敌。

立世，唯以良品而立。

憨憨的孩子，运气不会差

憨，是憨厚、忠厚、实诚。憨憨的孩子，不做作，不虚伪，不任性；憨憨的孩子，憨得忠厚，憨得实诚，憨得可爱。

憨憨的样子真好看

说到"憨"，就想起梁作全这个名字。

"不就是那个干活不怕脏不怕累，训练起来不要命，受到表扬时只会呵呵笑的班长吗！"对，就是他，三班班长梁作全。

梁作全刚当兵那会儿，班长问他："你有什么特长？"

"养猪，呵呵！"

"还会啥？"

"种菜，呵呵！"

"还有吗？"

"呵呵，好像没有了！"

"有，你笑得不错！"班长说。梁作全没弄明白班长说这句话的意思，摸了摸后脑勺，又是"呵呵"一笑。

刚担任三炮手那会儿，梁作全抢锄头挖座钣坑因不懂技巧，手掌上起了水泡和血泡，而座钣坑挖得不是大了就是小了，挨了不少批，但他依然一脸的笑呵呵。只是大伙休息时，他又甩开膀子挖了起来。一个月之后的专业考核，梁作全取得全连第一的好成绩。

晋升为下士后，梁作全被调到炊事班担任班长。看到新兵挖座钣坑的速度慢、标准低，他心急如焚："座钣坑挖不好，火炮怎能精确射击！"于是，他主动请缨每天给炮手们当两个小时的"教员"，每天在灶台和炮阵地之间来回穿梭。一些老兵笑他"不懂得休息"，他呵呵一笑："累不着！"

当兵第五年，梁作全面临走与留的问题。临近退伍了，连队突然接到了工程施工的任务。别的老兵已开始收拾东西准备回家了，梁作全却主动要求参加这次任务。有战友问他："你这样干值不值？"他说："在队一天，就要干好一天的活。"那年底，梁作全如愿以偿，继续留队了。

老兵一退伍，连队炮长出现了空缺。梁作全主动向党支部递交了担任炮长的申请书。

"炮长的综合素质要求全面不说，计算能力还要特别强，你还是在炊事班干吧！"有战友对梁作全说，可他呵呵一笑："还没干，咋就知道自己不行呢！"

谁都没想到，梁作全担任炮长一个月后，他"滚加滚减"的成绩从刚开始每分钟10组提高到了21组，射击口令计算成绩由原来的不合格变成了优秀。

"梁班长心中有数啊！"领导啧啧称赞。

而他只是憨憨一笑。

憨憨的样子招人喜

不管在哪，但凡憨憨的人，都招人喜欢，运气通常都不会差。

憨，憨得单纯、憨得善良、憨得执着、憨得实在，能给人好感，令人信任，更让人敬重。

这个世界，真不缺聪明人，浮躁成为这个时代的标签，许多人变得更加功利，更加物质，更加狡诈，更加"两面"。有的人，奴颜婢膝、趋炎附势，是为权；有的人，欺瞒拐骗、不择手段，是为钱；有的人，是非不分、远离初心，是为名……

也许有人会说，这个众生喧哗、浮躁的时代，踏实笃定都会成为笑柄，更不要讲比踏实笃定还弱的几分憨。但，当我们从浮华的现象看过去，也许更多的是，机关算尽，反误了卿卿性命。

正如《红楼梦》里那句："机关算尽太聪明，反误了卿卿性命。"

算计，只能带来一时的利益，唯有厚道才能经受住时间的考验。憨厚的人，更能收获他人的好感，会有更多人愿意出手帮助。

憨，不是笨，不是傻，是一种聪慧的人生境界，是一种大智若愚的洒脱和超然。

《射雕英雄传》中风度翩翩的欧阳克和既憨又傻的主人翁郭靖，谁是"笑到最后的人"？《阿甘正传》中的阿甘，既憨又傻只记住了"一心往前跑"，战争年代，是他既保住了性命，又收获了爱情，拥有了孩子。

人活着，太精明、太清楚、太明白，会伤心，会难过，会心累，受苦的到头来只会是自己。憨点、愣点、纯点，反而简简单单、开心快乐、招人喜欢，更能功成名就。

乐把憨憨当坚守

"良贾深藏若虚，君子盛德容貌若愚。"憨，不是不知变通，而是一种坚守。

憨厚的人，并不是真的愚笨，而是他们有更高的德行和追求，他们表面看着温和似水，实则是抱朴藏拙。

还记得第53届金马奖，不仅影后"下了双黄蛋"，影帝也归属于大众喜欢的憨憨的大牌影星范伟吗？

记住范伟，是因为2001年的央视春晚小品《卖拐》，一眼就被憨憨傻傻的小人物给吸引住了；然后是在2002年春晚上演出的续集《卖车》，还是那个憨憨傻傻的小人物。

再然后，他出演的《刘老根》系列中的"药匣子"，《马大帅》系列中的"范德彪"，再到后来的《看车人的七月》《芳香之旅》，全凭憨憨傻傻、耿耿直直的实力演技，先后拿到了加拿大蒙特利尔国际电影节最佳男主角奖、埃及开罗国际电影节特别表演奖等多个国际性大奖。

纵观范伟所有的作品，无不以憨厚为主线主题，憨得可爱，憨得厚道，憨得让人喜，也让人欢，让人在捧腹之余，对憨厚有了更清晰的了解和认识，更加重了对憨厚之人的敬意。

为人憨厚，是一种人生智慧，更是一种成功之道。

"小人处事，于利合者为利，于利背者为害"。憨厚之人，坚守"海宽不如心宽，地厚不如德厚"。

利益面前，憨厚的人守得住心，闭得了嘴，束得住手，行得正，坐得端，仰不愧于天，俯不怍于人。

在生活中，憨厚的人，不精于算计自己的利益，考虑更多的是为他人让利、为他人谋福、为他人帮忙，以德行感召身边之人。

福来福往，爱来爱返。请相信，憨憨的孩子，运气通常不会差。

如茶悠然

来来往往，任那茶浓茶淡，皆一碗。聚聚散散，别管温凉暑寒变换，都一杯。日月星辰，品尽茶蕴禅意人生百味，千回百转兜兜转转。

吃茶去

人到中年，越来越喜欢喝茶。

相知相伴，如影随形，先后备了三套茶具。在家，有在家的茶具；出差，有出差的茶具；旅行，车上还备有一套小巧的茶具。

闲暇的周末，宁静的早晨，晨练之后，一个人，一壶茶，开启"别味"的一天。

有这样一个禅宗故事：

一位行脚僧问赵州禅师："什么是禅？"

禅师反问他："来过赵州否？"

行脚僧说："未来过。"

禅师一笑："吃茶去。"

又有一个行脚僧来请教。

禅师还是笑着问："来过赵州否？"

行脚僧说："我曾来过。"

禅师一笑，仍旧回答："吃茶去。"

寺中弟子甚为不解，就问："为什么来过赵州的让他吃茶去，没来过赵州的也让他吃茶去？"

禅师还是一笑回答："吃茶去。"

"吃茶去"仅有三字，却胜似千言：茶中自有意境生，茶中自有哲理来。

茶，从字的结构上看，就是"人在草木间"。富有才气的作家描写喝茶，喝的是日月阳光沐浴之下，山水清泉滋养之后，一年四季流动的自然之气；喝的是寓有青春、富有生命、令人陶醉的草木之性，从草木中来，又从内心深处寻求简单的原始的自然的草木之味。

惊叹其用词之灵动，之精美，之隽永，之形象。对于我这样的俗人，又如何拿得出像样的句子来描述？唯有先静心喝茶，再慢慢参透。

周作人先生写过一篇《喝茶》的散文，"我所谓喝茶，却是在喝清茶……喝茶当于瓦屋纸窗下，清泉绿茶，用素雅的陶瓷具，同二三人共饮，得半日之闲，可抵十年尘梦"。

他抵"十年尘梦"，我谓"别味一天"。二三人也好，四五人也行，或是新闻，或是政治，或是天文，或是地理，国际国内，家里家外，天上地下，无不欢畅，无不健谈，无不释然，友情，自在这一壶壶茶中慢慢地凝结和升华。而我，有时更喜欢一壶清茶，一幽静之所，一人静品独饮。若是出差有闲，条件允许，也会带上茶具，寻一舒适之地，开启富有意境的午后；或就是宅在家，一人慢品悠然。

品茶品人生

世事喧嚣，人生纷扰，唯喝茶时，才能心思宁静悠远，才能心灵澄净清澈。一抿一品中，或回望往事，或自省其身，或凝思当下，或畅想未来。

有人说，喝茶，喝的不是水，喝的是滋味。时间长了，甚至喝的都不是茶的滋味，而是内心和人生的滋味。

茶有多种，绿茶、红茶、白茶、黑茶等各系列，我唯喜欢绿茶，西湖龙井、信阳毛尖、黄山毛峰，都是我喜欢的味道。喜欢绿茶，不单单是绿茶形美、色翠、香郁、味醇，更是它清亮透彻的颜色，萦绕舌齿间早春自然萌出的那沁人心脾的芬芳；喜欢简单地炒制、晾晒、回炉之后，清泉一泡就能沁人心脾的清香。

于人，又何尝不能如这制作绿茶般简单？简简单单做人，简简单单生活，没有钩心斗角，不用察言观色，无须处处防范，时时处处都透着简单，揣着轻松。

更重要的是，静心专注于一泡茶，备器、择水、候汤、点茶、细品，每个环节，都需要内心的澄净，也会让自己慢慢回归宁静。也只有这样的片刻，会让自己的内心如一望无际的草原般空旷悠然；也只有这样的片刻，会让自己的内心如浩然无边的森林般静谧幽深；也只有这样的片刻，内心会不自觉、不经意、不迷离地静静走向人生百味。

一茶一寻味，或在寻味失意中，静静地参透了"达则兼济天下，穷则独善其身"的人生哲理，懂得"该放下就放下，该放手就放手"的人生智慧。

一茶一知乎，或在思考过错中，静静地参透了"孰人无过，过能改之，善莫大焉"的警世恒言，自责也罢，道歉也好，先自省其身，再做出弥补之行。

一茶一思量，或是在品味人生中，静静地参透了天下事'为之，则难者亦易矣；不为，则易者亦难矣'之道，是坚持"打死也不能放弃，穷死也不能叹气，要让笑话你的人成为笑话"，还是选择迅速放下，进与退、得与失，都在一泡茶中有所思量。

或忆童年，或忆往昔，或忆伤痛，或忆成长，众是千般思，都在一茶中。悠然间，静心与清茗相随，回忆与感怀相伴，阅尽心中无限愁，道尽人生几多秋，纵有千般不悦、万般无奈，也净化在一泡茶中。

论茶论人生

《鸡毛飞上天》里男主角陈江河用茶对儿子教诲，让我记忆深刻。

陈江河："茶是好东西呀，吸天地精华，占尽五行八卦，你算算啊，金木水火土，没有一样它没占的。但是呢，它也受尽人间煎熬，风吹日晒雨淋，最后被铁锅炒被开水泡，这才能泡出它自己的香气来。"

儿子："我从来不喝茶。"

陈江河："是，你们现在这些年轻人呢，就是喜欢喝点咖啡啊，喝点可乐呀，但是我跟你讲，这（茶）才是最好的饮料。"

儿子："喝了不解气。"

陈江河："你年纪轻轻哪有那么多气可解呢？是，汽水解气，它解渴吗？茶不一样的，你想它自己，它就受了多少苦，受了多少的气，才能把香味送到我们嘴里，你知道它想告诉我们什么吗？先苦才能回甘。"

茶，不解气。汽水解气，可乐解气，但汽水、百乐能解渴吗？茶能吸收天地精华，受尽自然百般煎熬，接受人类多番炒制，最后才能把香味送到我们嘴里。

它想告诉我们什么？告诉我们：人生如茶，要经得起磨砺，磨砺越多，越能成功。

禅茶一味，茶中自有佛道，自有哲学，自有真谛。此有一理，值得思量：也许，人生正如茶，在残酷的生活中，煎熬本身也可以变为成全。看那沸水煮茶，对茶叶好似一种煎熬，可不久，原本干瘪不堪、长短不一的小细条条们，都变得一一丰厚、舒展开来，更重要的是，还产出了供人解渴、品味人生滋味的茶水。

纵然人生煎熬，会有几多不如意，有时也如同委屈、受伤的孩子般纵情地哭泣，过后，明白人生如茶，再不如意，也要在人生这滚滚沸水中，学会丰厚和舒展自我。

人生如茶，如何学会通过开水的煎熬来丰满自己或成全他人呢？

余生百味，我愿选一幽静之所，挑一上好清茗，静品悠然。

当你老了

"当你老了，头发白了，睡意昏沉，当你老了，走不动了，炉火旁打盹回忆青春……"听着忧伤却又温情的《当你老了》，我在想着，当我老了的那一天，又会是个什么样？我会不会老年痴呆，会不会走不动了，会不会生活不能自理，儿女们会不会孝顺？……

关于家庭

人到中年，变得更多愁善感了。

看着父母一天天老去，回味电视剧《嘿，老头》，痴呆、健忘、讨嫌、养老、孝顺、死亡等一个个敏感的关键词时常会步入脑海，撞击心灵。

《嘿，老头》用细腻又柔情的手法讲述一群小人物的生活和人生，玩世不恭的儿子，患有阿尔茨海默病的父亲。儿子与父亲恨意诀别，深受打击的父亲病情加重，一夜间成了一个啥都不记得了的小老头。一事无成的儿子突然间醒悟，回心转意回到了父亲身边，一心一意照顾起老头。故事既温情又令人揪心，既伤怀又撞击心灵，带来了诸多关于家庭、关于孝顺、关于死亡的回味和思考。

完整的家庭是一个温馨的港湾，不完整的家庭是风雨中的陋室。

故事主人翁从小就没了母亲，父亲又是一个喜欢喝酒、常年不在家的火车司机，一个完完全全没有母爱、父爱又少的单亲家庭成长起来的孩子，可想而知会成长成什么样。

玩世不恭、一事无成，口袋比脸还干净，与父亲是死敌，三十多岁了，连个女朋友也没有，从小就喜欢的、一起青梅竹马长大的女孩也不敢表白。

当父亲病了，呆了，傻了，主人公无疑一败涂地。用他自己的话说，自己三十多年的人生就是一场笑话。

他多想要母亲健在，多想父亲不喝酒，多想生在一个完整、幸福的家庭。求而不得，越想拥有，越没有。这就是命运，就是现实。这就是无奈，一个三十多岁男人的无奈。

但无奈归无奈，所有的困难都得自己扛，所有的委屈都得自己咽，所有的不快都得自己尝，打掉的牙齿必须往嘴里吞。

因为，自己是一个男人，是这个家唯一的天。

谁都渴望完整的家庭、有爱的家庭、温馨的家庭。这个家不一定很富有，但一定要完整；不一定很幸福，但一定要有爱；不一定和风日丽，但一定要云淡风轻。

这个家，父爱如山，母爱如水，缺一不可。不让孩子长大后性格上有这样或那样的缺陷，或是这样或那样的缺失，作为大人就要好好地经营这个家，作为男人就要好好地担起这个责。

有家，有爱，父母健全、儿女健康，才好。

关于孝顺

父亲完全失去了记忆，时常还拉尿在身上。儿子连自己都养活不了，能有什么条件照顾父亲？只有把父亲送到养老院。

关于人性，这无可厚非。更何况，养老院的条件也不差，能替儿女较好承担起养老的责任。但是，真正地感受一下养老院的生活后，真正孝顺的儿女，又怎能让父母冷清地在那养老呢？

家，不就是陪伴和关爱？父母一把屎一把尿把孩子们拉扯大，到头来，却被儿女们送到养老院，心不酸吗？孝顺，不是挂在嘴上的，是落在行动上的，是中华民族光荣又美好的传统，是我们儿女应尽的义务。

孝顺的孩子，长大后都不会差；孝顺的孩子，老了后也能得到福报。孝顺，就把父亲从养老院接回来。于是，故事的主人公克服万难，把父亲从养老院接了回来，一直放在身边照顾。

老人痴呆，像个小孩，主人翁就像个小孩陪他玩，陪他笑；老人饿了，主人公就变成了大人，做老人最想吃、最喜欢吃的美食，让老人吃个够；老人跑了，主人公满大院、满大街地找……

正因为孝顺，因为真诚为人，因为坦诚待人，因为诚信处人，两三好友始终与主人公不离不弃，有难同担，有福同享。

也正因为孝顺，当事业跌落谷底时，好心的企业家看到了主人公闪光的一面，大手笔出资帮助，最终使主人公迎来了人生的成功。

要记住，在最无助的人生路上，亲情一定是最持久的动力，给予我们无私的帮助和依靠；在最寂寞的情感路上，亲情是最真诚的陪伴，让我们时刻感受到无比的温馨和安慰；在最无奈的十字路口，亲情还是最清晰的路标，指引我们成功到达目标。

百善孝为先。孝，永远是一个人成功的基石，是助推一个人不断迈向成功的催化剂。

有孝，行孝，你就是一个值得称赞的人，也是一个成功的人。

关于死亡

养老院中，与老头同住一个房间的老人，在说出了深藏了一生的秘密后，第二天平静、安详地死去了。

"人死了如灯灭，没什么大不了的！"人生的最后一晚，一个清醒的老头向一个痴呆老头道出了一生不愿说也不敢说的人生败笔，也道出了关于对死亡的理解，最后轻轻松松地走了。完成了人生最后的遗憾，却又有些不舍。

人到中年，看着身边的亲人们一个个老去，一个个慢慢地死去，伤感、缅怀。人的一生，其实很短暂，也其实很脆弱，唯有珍惜当下，过好当下，慢慢地变老，直到老得不行，最好是老了还能生活自理，才是最好的人生。在最后不行的时候，平静地一夜睡去。

罗马人恺撒大帝，曾经威震欧亚非三大陆，他临终前告诉侍者说："请把我的双手放在棺材外面，让世人看看，伟大如我恺撒者，死后也是两手空空。"想想也是，人的一生之中，权力、金钱、地位，很多东西真的都不太重要，如能顺顺当当地成为一个快乐的、幸福的、让人疼爱的老头，人生后半场还真不错！

听有人骂过"不得好死"。"不得好死"就是不能善终，躺在病床上受尽病痛折磨，受尽不孝后人的怠慢和白眼，想想就是非常痛苦的事情。

福来福往。善终离不开善始，从一开始做个善人，到老了有个善终。老得走不动了，老得不行了，躺在床上回忆一生，哭过，笑过，失败过，成功过，也错过，但终有弥补，不算遗憾，也算不白来世间走一遭，笑了，值了。

无怨无悔，一夜睡过，安详而去，圆满落幕。

后记

这本书源于一个不眠之夜的灵感。

想睡，怎么也睡不着，很多往事浮上心头，诸多烦事飘进脑海，过往如昨、历历在目，再无睡意，索性坐起，轻轻走进了客厅，独坐窗前。一根烟之后，人生之路的得与失便再次走进了脑海，清晰的、模糊的，昨天的、前天的，远的、近的，烦心的、后悔的、懊恼的、失意的……，诸多总总，像放电影般串了起来。

想起了踏入军旅后，吃那么多的苦，怎么也不言悔的自己；想起了训练一时跟不上趟，全身上下都是伤，怎么也不言累的自己；想起了军校毕业之际那500公里徒步大拉练，风里来雨里去，天当被地当床，一双脚全是血泡，竟能坚持到底，怎么都不怕的自己；想起了为了干出点成绩，每天加班加点到凌晨一二点，甚至整晚都在奋笔疾书，第二天还能像打了鸡血般上班的自己……

一恍，已是二十几年军旅路。时间真的很快，曾经的懵懂少年，如今的油腻大叔；曾经的满脸稚气，如今的满面淡定；曾经的踌躇满志，如今的感慨万千。

人生，也许就是深夜的片刻清醒，能与自己进行灵魂深处的对话。

感慨万千之余，想起了王阳明，也想起了曾国藩，两位古之圣人，建功之余从不忘总结得失和思考人生，遂形成了王阳明的心学、曾国藩的家书。圣贤之书，如人生灯塔，如海上明月，如夜空繁星，带来光明，照亮前路。

圣人不可及也，但可学也。自己的人生路，也该拿出时间来总结总结了。鞭策自己也好，留给子女也好，总要不遗余力地总结到位，思考深刻。

于是乎，在这趟出差的空闲时间里，便有了这一产物。

人生之路，一路跌跌撞撞走来，虽是一路波折、一路坎坷，虽有懊恼万千，虽有诸多败笔，但感恩所有的经历，感恩所有的磨难，感恩所有帮助过、温暖过、支持过、提携过我的人，最终还是能让我得偿所愿。

虽然我的愿不算宏大，但值得自己骄傲。

苦过，累过，笑过，孤独过，痛苦过，难受过，煎熬过，甘甜过，自豪过……这也许就是人生。不要想过得太顺，太理想，太完美，水满则溢，月满则亏，不太完美也许正是人生的完美，有荆棘也许正是对你的最好磨砺。感恩遇见，三生有幸，人间百味皆品尝，静淡平常皆是福。

一介凡人，人生经历淡然平常。但细细梳理、好好总结，还是有些道道值得探究、有些启迪值得提炼、有些反省值得深思。一动笔，便一发不可收。

回望昨天，感慨今天，照亮明天。不期许自己的故事有多精彩，但期许自己的总结和思考对人们能有所触动、有所启迪、有所鞭策。即使是触动自己、启迪自己，鞭策自己，也是最大的收获；如能让子女再有所触动、有所启迪、有所鞭策，那也不枉一番辛劳；如能有幸在众多读者面前呈现，让读者有所触动、有所启迪、有所鞭策，无心插柳柳成荫，那便更好。

期许不敢太多！

但愿诸位，得之有幸。